DOLCE VITA

Aşkım Kapışmak

Dolce Vita / *Aşkım Kapışmak*

Yayıncı ve Matbaa Sertifika No: 10614

Genel yayın yönetmeni Senem Davis
Editör Ahmet Bozkurt
Yayıma hazırlayan Burcu Bilir
Kapak tasarım Seda Kaplan
Sayfa tasarım Yasemin Çatal

ISBN: 978-975-10-3438-0

14 15 16 17   8 7 6 5 4 3 2 1
İstanbul, 2014

Baskı ve Cilt
İnkılâp Kitabevi Yayın Sanayi ve Ticaret AŞ
Çobançeşme Mah. Sanayi Cad. Altay Sk. No. 8
34196 Yenibosna – İstanbul
Tel : (0212) 496 11 11 (Pbx)

İNKILÂP Kitabevi Yayın Sanayi ve Ticaret AŞ
Çobançeşme Mah. Sanayi Cad. Altay Sk. No. 8
34196 Yenibosna – İstanbul
Tel : (0212) 496 11 11 (Pbx)
Faks : (0212) 496 11 12
posta@inkilap.com
www.inkilap.com

DOLCE VITA

Aşkım Kapışmak

İNKILÂP

Aşkım Kapışmak

Aşkım Kapışmak, 1979 yılında İstanbul'da doğdu. On iki yaşındayken Arif Sağ Müzik Evi'nde konservatuvar eğitimi aldı. Liseden sonra Marmara Üniversitesi Teknik Bilimler Meslek Yüksekokulu'na girdi. Marmara Üniversitesi'ndeki eğitiminden sonra Amerikan Üniversitesi Newport'ta Davranış Bilimleri-Psikoloji lisansını tamamladı. Türkmax'ta 2011-2012 sezonunda 'Buyrun Paylaşalım' adlı programı hafta içi her gün canlı olarak hazırladı ve sundu.

2012 yaz sezonunda Star TV'de 'Ayşe ile Alişan' programında her cuma 'İletişim ve İlişkiler' bölümünü hazırladı.

Show TV'de 'Simge Fıstıkoğlu ile Yeni 1 Gün' programında iletişim bölümünü hazırlayıp sundu. Kapışmak, Sadri Alışık Kültür Merkezi'nde iletişim hocalığına devam ediyor.
Türkiye genelinde çeşitli kurum ve kuruluşlara iletişim seminerleri vermektedir.

İnkılâp Kitabevi'nden çıkan diğer kitapları:
Kadınlar Sağdan Erkekler Soldan
Küçük Mutluluklar Kitabı
Terzi
Carpe Diem

İçindekiler

Önsöz

Meğer üzüldüğümde gözlerimden akan yaş, canım yandığında sarıldığımmış Allah.

Meğer aldığım oyuncakların yüzümdeki tebessümü, acıktığımda mideme inen lokmalarmış Allah.

Geceleri yatağımdaki düşünceler, uykudaki rüyalarımmış. Sabahları günaydınım, kızdığımda sabrımmış Allah. Önceleri güçlü, dev gibi biri zannettiğim, aslında hep yanımda olanmış. Çünkü insan birilerini her yere götüremez, götürse de bazen unuturmuş.

İşte, Allah unutulmaz olan ve birilerinin tek sahibiymiş.

Giriş

Hep başkalarının gözüyle baktırdılar, göremedim.

Herkes kendi gözlerinin arkasındaki korkularla izlettirdi hayatı. Bir cennetten çıkardılar, kopardılar göbek bağımı, ağladım. Umut ettim daha güzel bir cennettir diye. Bekledim...

Yıllarca, ağlamamam için yapmadıkları komiklik kalmadı, sarılmadık ten kalmadı vücudumda. Hep böyle olacak zannettim. Yağmurda mutsuz oldular, karda üşüdüler, sıcaklar bunalttı dediler, seyrettim...

Eksi soğuklarda çıplak ayaklarla gezip eğlendim. Ben güldükçe onlar korktu. Adı hastalık olan duraklarda durdum ama iyileştim. Onlar gibi konuşamıyordum ama onlardan daha mutluydum.

Her şeyi bildiklerini sandıkları için keyifsizdiler. Öğretmeye çalıştılar, reddettim. Daha önemli bir şey vardı çünkü, hayat!

3 saat ağlayıp, 1 saat gülüyorlardı. Kalan saatlerde mimiksiz robotlardı. En sevdiğim oyuncağımdı robotlar. Kurup kurup oynadım hepsiyle.

Birinin adı anne, diğerinin babaydı. Robotlarımdı onlar. Her gün, her saat, her dakika aynılardı. Hep aynı şeyi istediler, mutlu olmak. Ben zaten mutluydum. Düğmesi kopan önlüğüm için dertler yaratırken annem, ben kopan düğmeden suratlar yapıyordum zeminlere, çünkü hayat güzeldi.

Birlikte yaşadığımızı unuttular çoğu zaman. Birlikte yaşamaktan çok şey beklediler çünkü. Ama mutluluk birlikte olmaktı, söyleyemedim.

Ödenmemiş faturalara üzüldü babam. Daha çok ödenmemiş faturaları olacak diye hep korktu, zor geldi hayat. Ben faturalardan uçak yapmayı öğrenmiştim. Ben uçurdum, onlar korktu. Ne zaman birimiz hastalansa, hayat dururdu. Herkes, her şeyini bırakıp, hasta olanla ilgilenirdi. Hastalığı dünyanın sonu zannettiler. Aslında hastalıklar, yaşamın başlangıcıydı.

Bazen bilerek hastalandım, daha çok bir arada olalım diye. Sabaha kadar başucumda beklerken birbirlerine sabrettiler. Hastalık da güzeldi. Birileri öldü mahallede. Çalınmayan kapılar çalınmaya başladı. Verilmemiş selamlar verildi. Bir anda kalabalık olurdu evler. Ölümün olduğu yerde kalabalıklar olurdu. Herkesin yüzü aynı; herkes sarılırdı birbirine.

Ölüm de güzeldi çünkü, kalanların en büyük buluşmasıydı. Bunları kim yaptı? Yağmur nereden geliyor, anne sen nasıl doğdun, güneş nerede? Hırsızlara ne oluyor, neden kötüler var gibi sorularımın cevabıydı Allah!

Büyük, kocaman ve gökyüzünde bizi seyreden gibi zannettim önceleri. İlk zamanlar annem, babam, Allah ve oyuncaklar vardı benim için. Sonra yanlarına hayat eklendi. Sorularım arttıkça cevapları azalıyordu. Büyüdükçe kendin olursun dediler, merak etmek güzeldi.

Zor gelen, merakını giderecek zamanın uzun olmasıydı. Karıncalar ve aslanlarla tanıştım. En küçüğünü ezme, en büyüğüne ezilme dendi. Hep ikisinin arasında kaldım. Karıncaya merhamet, aslanlara hayranlığım vardı. Ama ikisinden de kork dediler. Biri kadar küçük ve zayıf, diğeri kadar büyük ve zalim olma dediler. İkisini de sevdim.

Biri çok çalışkan, diğeri çok güçlüydü. Hayat da böyleydi; çalışınca, güçlenince güzeldi.

Sonraları anladım, hiçbir şeyi ben yapmamışım. Annem, babam da yapmamış. Onların annesiyle babası da yapmamış. Her şey Allah'ın kurgusuymuş. Bana sadece bakmam için göz, görmem için gönül verilmiş. Aynı hayatın farklı gözleriymişiz, seninle ben.

Aynı resme bakıp, aynı şeyleri görene kadar başımıza gelmedik kalmayacakmış. Gelenler de güzeldi. Gidenler baktıklarım, gelenler görebildiklerim oldu hep. Çünkü hayat, bakıp görebildiklerin arasındaki zanlarımdı.

Zanlar da güzeldi...

Hayat da!

Teşekkür

Şimdi elinde, kıymet verip okuyan sen,
sana teşekkür ediyorum.

Çok şükür...

"Tahrik et, ama tatmin etme!"

Önce Kendini Sev!

Kendini sevmeyen başkasını sevemez.
Kendini sevmelisin önce.
"Nasıl seveceğim?" diye soruyorsun şu anda.
Aynanın karşısına geç ve gözlerinin içine bak, gözlerindeki ışıltıyı önce sen gör...
Tek başına olduğun bir an'ı yakala; sadece sen.
Arın tüm duygularından, düşüncelerinden...
Sarıl bedenine!
Evet, evet sarıl, sarıl...
Hadi, durma!
Bir annenin çocuğuna sarıldığı gibi sarıl...
Okşa kendini ve hatta öp, durma yap hadi!
Tüm benliğinle kendini sevdiğini söyle...
"Yapamam ben," diyorsun, duyuyorum.
Hayır, yapabilirsin!
Arın düşüncelerinden; sadece sen, bedenin ve ruhun...

Özel olduğunu, değerli olduğunu düşün.
Önce, sen sev kendini...

Hepimizin çocukluğumuzdan günümüze gelen yaşadığı sorunlar, sıkıntılar var. Eğer sen kendini sevmez ve değerli hissetmezsen, kimseden de sevgi bekleme. Önce sen seveceksin kendini, inanacaksın kendine. Hatalarınla, kusurlarınla seveceksin, kabulleneceksin. Belki senden daha güzel kadınlar, yakışıklı erkekler var çevrende. Güzellik bedende değil, kalptedir. Sevgi de kalpten gelir. Kalbi güzel olanın ruhu da güzeldir. Ruhu güzel olanın ışıltısı yüzüne, gözlerine yansır!

Kendine inan ve sev kendini! Başarıya atılan ilk adımlar, inanmak ve sevmekle başlar. Her sabah aynaya bak ve gözlerindeki ışıltıyla başla güne. Adımlarını emin at, göreceksin hayatın sana getirdiği güzellikleri, daha bir seveceksin kendini ve daha çok güveneceksin kendine. Geriye dönüp baktığında attığın her adımın, yürüdüğün her zorlu yolun bir anlamı olduğunu fark edecek, hatalarınla daha da seveceksin kendini. Bugüne dek hatalarınla geldin, unutma! Seni buraya getiren şey, attığın her yanlış adımdan çıkardığın dersler. Hatalarınla sevince kendini, o zaman görürsün en saf halini. Gülücükler dağıtacaksın en samimisinden, en sıcağından. Seninle doğacak güneş, seninle açacak çiçekler ve bahar gelecek. Hayatın seni yönettiğini değil, hayatı yönetenin sen olduğunu fark ettiğinde ise, her hücrenle tadacaksın gerçek hazzı, mutluluğu. Acıya göğüs germenin gücünü yakalayacaksın ve daha sıkı sarılacaksın hayata!

Duralım ve Düşünelim!

- ✓ Senin haberin olmadan, canlı cansız her şey en çok istediğin şey için görevdedir. Sen tesadüf dersin, onlar perdeli gerçeklerdir.

- ✓ Yaşarken güzel de, bitince adını koymak zor oluyor. Adı güzel, hikâyesi samimi yaşamlar olsun. Olsun mu?

- ✓ Dün yoktu, bugün var, belki yarın da olmayacak. Öyleyse, gelir gider, bizde kiracı olurlar.

- ✓ Değerli olduğunu hissedemeyen kişi, gerçekten sevemez. Çünkü o daima sevilmek ister!

- ✓ İnsanı varacağı nokta cezp eder, ama arada uğrayacağı duraklar değiştirir. Ya vazgeçirir ya da kamçılar. Yolculuğu sevin.

- ✓ Sizi yorumlama hakkını, gerçekten sizi anlayana verin. Gerisi boş konuşur.

- ✓ Aslan, kendini uyur gösterir bütün köpekler de sahiden uyuyor, hatta ölmüş sanır.

- ✓ Yardım eden karşısındakinin ihtiyacı olduğunu düşünür. Aslında, yardım edenin ihtiyacı vardır azalmaya.

- ✓ Ne olursa olsun çalışmaya devam et. Başarılı ol en dürüstünden. Eskiden düşmanın olan, zamanla hayranın olacaktır.

Karınca Kora'nın Hikâyesi

Merhaba, ben Kora. Karınca Kora. Sen de insansın galiba, adını bilmiyorum ama şu an konuşabildiğimiz için mutluyum. Bu, bizim hikâyemiz. Evet, seninle benim. İkimizin.

Senin de bazen üstüne üstüne gelir mi her şey? Senin dışındaki her şeyi kendinden büyük, dev gibi hissettiğin olur mu? Sanki bir şey olacak da ezecekler gibi.

Sen de bazen etrafındaki kalabalıktan sıkılır mısın benim gibi? Yeter artık bu kadar çalışmak, der misin? Düzen bazen ağır gelse de çalışmaya devam eder misin? Kendine yiyecek bulmaya çalışırken başkalarına yem olmamaya çalışır mısın? Hep aynı şeyler sıkar mı bazen seni de? Sabahtan akşama, akşamdan sabaha hep aynı şeyleri yapmak daraltır mı içini? Evet mi? O zaman sen de karıncasın. Evet, karıncasın.

Ben, seni farklı bilirdim. Sen değil misin iradeyi kabul eden. Ben etmedim, ağır geldi. Altından kalkacağıma inanmadım. Ben sıkılsam da yapacak bir şeyim yok. Ama sende irade var, karar var, bakış açısı var, değişim var, en güzeli de arzu var. Neden kullanmıyorsun? Şimdi mesela, kullanmayı denesene. Sıkıldıysan bir karar versene. Beni boş ver, ömrüm 10-15 günlük. Vakit şaşmaz. Ben sana hizmetliyim. Nasıl mı? Anlatacağım az sonra. Sen kime hizmetlisin? Bilmiyorsan, bul. Başını kaldır, etrafa bir bak. Olmuyorsa dua et, çabala. O da olmuyorsa bekle. Beklerken başka yolları da dene.

Olup olmamasına göre değerlendirme hayatı. Çabalayıp çabalayamadığına göre değerlendir.

Yıkılır gibi ol ama yıkılma. Vazgeçecek gibi ol ama vazgeçme. Bağlantılı ol ama bağımlı olma. Olacakmış gibi iste, ümitsiz olma.

Hani başını kaldırmışsın ya, şimdi dinle hikâyemi, senin için yazıldı güzel insan.

Düzenin dışını fazla merak ediyorum. Yaşadığım yere ve diğer karıncalara uyum problemi yaşıyorum galiba. Dünyaya geldiğim andan itibaren neden sorularını her an, her dakika kendime soran ben, diğer karıncalardan tatmin olacağım yanıtı alamadıkça başka canlılarla iletişime geçmek istiyorum.

Bir gün diğer karıncalarla toplu halde çalışmaya giderken dayanamadım ve soruları sıralamaya başladım:

"Hey, bir şey soracağım! Kimse duymuyor mu beni? Bak bağıracağım yine. Sonra, dikkatimizi dağıtıyorsun demeyin. Hoooooppp! Heyyy!"

Gerçekten anlamıyorum hiç konuşmadan sürekli çalışıyoruz. Yuvamızda yiyecek olduğu halde neden bu kadar çok çalışıyoruz?

"Aslında konuşuyoruz."

"Hey, kim söyledi onu?"

"Boş ver Kora, sadece yanıta odaklan, çok kalabalık, beni göremezsin."

"Anladım, ama neden kimse konuşmuyor?"

"Hepimiz konuşuyoruz, antenlerimizle anlaşıyoruz, o frekansa giremeyen sensin. Şu an burada binlerce karıncayız ve gürültümüz çok."

"Ben hiçbir şey duymuyorum."

"Aslında bizimle olmayı reddediyorsun, o yüzden."

"Çok sıkıcı, her gün aynı şeyleri yapıyoruz."

"Bu, çok keyifli bir şey."

"Neden? Neresi keyifli?"

"Bize verilen görevi yerine getiriyoruz."

"Ne görevi, kim vermiş bu görevi?"

"..."

"Hey, duyuyor musun beni, hey? Offf, sen de mi gittin?"

"Gitmedim, hem gitsem de duyarım, merak etme. Sadece dikkatimi dağıtmamam lazım. Sonuçta 3-5 günlük ömrümüz var. Onu en verimli şekilde geçirmemiz lazım."

"Ne demek 3-5 gün? Bu kadar çabanın sonucu 3-5 gün mü?"

"Kora, biz kendimiz için yaşayıp çalışmıyoruz."

"Peki, kim için?"

"İnsanlar..."

"Şu devasa yaratıklar mı?"

"Evet, onların adı insan."

"Neden tüm çabamız onlar için."

"Çünkü Allah'ın emri."

"Ne yani biz köle miyiz?"

"Bir bakıma öyle ama başka bir açıdan bakarsan, Allah'ın dileğini %100 yerine getiren canlılarız."

"İnsanlar bizden daha mı değerli?"

"Öyle görünüyor, ama İlahi gücün huzurunda az-çok hesabı yapılmamalı."

"Neden insanlar bize hizmet etmiyor?"

"Onların görevleri bizimkinden daha zor. İradeleri var, duyguları ile yaşıyorlar. Depresyona girip panik atakları yaşıyorlar. Ölüm acıları, aşk acıları çok fazla. Hem kendi içlerinde fakirler, zenginler var."

"O, ne demek?"

"Yani yemeği az olanla çok olan."

"Bu, nasıl bir şey? Bizim gibi birlikte yemek bulup, hepsi kendine yetecek kadarını yemiyor mu?"

"Hayır, içlerinden bazıları çok yemek istiyor."

"Şişmiyor mu?"

"Şişiyor, bazen de saklıyor, kimseye vermiyor."

"Çok kötü."

"Evet."

"Bizim ne gibi faydamız var onlara?"

"Yaşadıkları toprağın temiz, faydalı ve verimli olması şart. Bazı bitkilerin bir yerden bir yere taşınması gerekiyor. Kimi yerler yeşil, kimi yerler kuru."

"Kendileri temizleyemiyorlar mı?"

"Dedim ya, irade, nefis var onlarda."

"Yani?"

"İrade, kendi kararıyla hareket etmek, doğru şeyler yapmak. Nefis ise, zevk vereceğini zannettiği yanlış ya da zararlı şeyleri istemek."

"Bizde yok mu?"

"Yok, biz direk Allah'ın emirlerini uyguluyoruz."

"Bizim ödülümüz var mı?"

"Cennet."

"İnsanların?"

"Orası karışık."

"Yani?"

"Bizi aşan konular. Bizim işimiz kolay, verilenin dışında olan başka konulara odaklanmıyoruz. Zaten elimizde de değil. Yaptıklarımız ya da yapamadıklarımız için ceza çekmiyoruz. Psikolojik rahatsızlıklarımız yok."

"Ama bu biraz sıkıcı geliyor bana."

"Neden?"

"Biz hayvanlar ve bitkiler her şeyin dizayn edilmesi ile görevliyiz. Sabah akşam yenilenen hayatın tadını insanlar çıkarıyor."

"Burada yanıldın işte Kora. İnsanların en büyük eksiği, tüm bu güzelliklerin farkında olmayışları. Biz her şeyin önündeyiz. Güneşi içimize çekmeden işe başlamıyoruz. Her bir ayağımın üstüne, bin bir çeşit çiçek toz bırakıyor. Oksijen bizimle. Toprağa, suya, havaya en özünde dokunan, içine çeken biziz. Eğer bizim kadar hissetselerdi bu güzelliği taşıyamazlardı."

"Neden bu düzeni göremiyorlar?"

"Çünkü biz gerçeğiz."

"Onlar sahte mi?"

"Hayır, onlar da gerçek ama onlar kendi zihinlerinde yarattıkları hayatı gerçek sanıyorlar."

"Nasıl yani?"

"Düşünce."

"Bizde olmayan."

"Bizde de var ama İlahi gücün kontrolünde; yani sağlamdayız."

"Onlarınki neden tamamen Allah'ın kontrolünde değil?"

"Her şey tamamen Allah'ta. Ama irade, akıl ilişkisini bize vermek istedi, kabul etmedik. Doğaya vermek istedi, kabul etmediler. İnsan ise kabul etti."

"Hımm..."

"Hadi, çok konuştuk, çalışmaya devam. Temizlenmesi gereken toprak, dağıtılması gereken çiçek tozları var."

Kora hızlıca işe koyulur. Aklında cevapsız sorularla mücadeleye devam eder. Çalıştığı ve yaşadığı yerde yeşillikler hâkimdir. Ara sıra büyük taşların üstüne çıkıp, ileride gördüğü devasa şatoyu da merak ediyordur. İşte, Kora'nın yeni merak konusu: Orası neresi?

Yorulur, yavaş yavaş gruptan ayrılıp bir köşeye çekilir. Az önce konuştuğu karıncayı arar. Antenlerini açar ve:

"Neredesin? Beni duyuyor musun?"

"Merhaba..."

"Merhaba, az önce seninle mi konuşmuştuk?"

"Hayır, ama önemli değil. Şimdi ben varım, konuşalım."

"Çok şey konuşmuştuk, şimdi baştan nasıl anlatacağım?"

"Gerek yok ki! Sana cevap verenin kim olduğunun önemi yok. İhtiyacın olan, gelen cevap aslında. Sorduğun her soru İlahi güce gider. O ise yanıtları canlı cansız aracılarla sana gönderir. Cevabı farklı zamanlarda, farklı canlılardan alırız. Bu da Allah'ın bizimle konuşma şekillerinden biridir."

"Her yerde karşıma Allah çıkıyor, neden?"

"O, aranılan değil mi zaten?"

"Ben sadece yiyecek arıyorum."

"Ne yapacaksın yiyeceği?"

"Yuvaya götüreceğim."

"Neden?"

"Karnımızı doyurmak için."

"Neden?"

"Güçlenip daha çok çalışmak için."

"Çalışınca ne olacak?"

"Toprağın ölmemesi lazım. Ayrıca kraliçe karıncaya yemek ve döllenecek yumurta lazım."

"Neden?"

"Çoğalmak ve mücadeleye devam etmek için."

"Mücadelenizin amacı ne? Sadece yemek ve üremek mi?"

"Doğanın da ölmemesi, başka hayvanların da görevlerini yapabilmesi, düzenin devam etmesi için."

"Hangi düzenin?"

"İnsanların, hayvanların, doğanın ve göremediğimiz tüm canlıların."

"Kim istedi senden bunu?"

"Allah."

"O zaman her adım da ona değil mi?"

"Evet, ama ben insanları merak ediyorum."

"..."

"İnsanları merak ediyorum dedim."

"..."

"Sen de mi gittin?

Nasıl bir matematik bu hayat. Merak ettiğim şeylerin, aklıma gelen soruların cevaplarını farklı zamanlarda, farklı canlılardan almak.

Bir kişi olsa, sadece ona sorsam daha kolay olmaz mı?"

"Eğer her sorunu sadece bir kişi yanıtlayabilseydi başkalarını tanımak imkânsız olurdu. Düşünsene her şeyi annenin bildiğini ya da babanın. Onlar, bize bir yere kadar yanıtlar.

Her sabah yeni sorularla uyanırız. Dünyaya karışıp çarpa çarpa, düşe kalka alırız yanıtları. Dokunduğun her taş, seyrettiğin her manzara, tanık olduğun her doğum ve ölüm hayatın güzelliklerini fısıldar. Cevap verenin konuşması gerekmez. Kendi varlığı ve durumu tek cevaptır zaten."

"Gittin sandım."

"Bu cevap, gitmeden önceki son cevabım olsun. Ama sana nasihatim, bozma düzenini. Sen hayvansın. İnsan gibi olmaya çalışma. Onlar merakları sonucu başlarına gelenlerle çoğu zaman baş edecek güçteler. Sen yok olursun, dikkat et."

"Siz yapma dedikçe, daha çok kabarıyor isteğim. Neyse, teşekkür ederim. Çok durdum, çalışmam lazım."

Uzaktaki sarayın cazibesine dayanamayan Kora, karar verir. Bu gece yavaş yavaş oraya gidecektir. Kendi hızıyla ancak sabaha karşı orada olurum diye düşünür. Ve akşam geceye kavuşmaya başladığında yola koyulur. İlk defa yalnızdır. Ve yanındaki kalabalığın ona ne kadar güven verdiğini ve tek başına hissettiği korku duygusuna yabancı olduğunu fark eder. Uzun bir yolculuk vardır önünde ama kararlıdır. Başka türlü merakını taşıyamayacağına inanır. Yaklaştıkça, sarayın ışıkları güneş gibi olmaya başlar gözlerine. Uzakta küçücük gördüğü saray, gittikçe algılayamadığı bir yükseklikte olmaya başlar. Hem korkusu hem de merakı daha da artmaya başlar.

Bir kere "evet" dersin ya en güçlüsünden. Sonra "hayır"lar değersizleşir. İşte, böyle bir durumdadır artık Kora. Arada bir içinden gelen "geri dön" sesini iyice kısmıştır. Karnı acıkmıştır, susuzluktan iyice yorgun düştüğünden, karnını doyurmak için bir şeyler aramaya başlar. Rengârenk çiçeklerin örttüğü devasa kapıyı görür. Toprağından suyunu içtikten sonra, gövdesinden yukarı doğru tırmanır, dalların ucundaki çiçeklere ulaşır. Çiçeklerin dalları kapının hemen solunda kalan taş pencerenin önüne doğru aktığından, Kora yavaşça çiçekten pencereye iner ve içeri doğru süzülmeye başlar.

Güneşle aydınlanan kocaman bir odaya girer Kora. İçerisi bomboştur, sadece odanın tam ortasında bir yatak ve yatağın ayakucunda bir çift ayakkabı duruyordur. Ne bir eşya ne de canlı cansız hiçbir şey yoktur. Duvardan aşağıya iner, tam zemine indiği anda, bir ses duyar.

"Hoş geldin."

Ses hiç tanıdık değildir, diğer karıncalarınkine de benzemiyordur.

Korkarak:

"Hoş bulduk ama sen kimsin?"

"Ben, Su."

"Su mu? Çok komik. Nasıl bir isim bu? Hahaha!"

"Evet, bana da bazen tuhaf geliyor ama seviyorum."

"Neden seni göremiyorum?"

"Yatağın üstündeyim, sen karınca mısın yoksa?"

"Evet, karıncayım, nereden anladın?"

"Ayak seslerinden."

"Sen nesin?"

"İnsanım ben."

"Neeee... İnsan mı? İlk defa bir insanla konuşuyorum."

"Ben her gün karıncalarla, sineklerle, kuşlarla, kelebeklerle konuşurum. Gözlerim görmüyor benim, o sebeple kulaklarım çok hassastır. Ayak seslerinden anladım karınca olduğunu."

"Demek gözlerin görmüyor, çok üzüldüm. Bu sarayda mı yaşıyorsun?"

"Evet, ama burası saray değil sadece bir ev."

"Uzaktan öyle gözükmüyor."

"Senin için saray gibiyse öyle olsun. Dışarısı nasıl, geldiğin yerler?"

"Her yer yeşillik, çiçek ve ağaçla dolu. Özür dilerim, sen görmüyordun, nasıl bileceksin?"

"Senin gördüklerini görmüyor olabilirim. Ama içimde bir dünya var benim. Kokladığım, duyduğum, dokunduğum, her şeyi resmeden bir dünya. Sen neden geldin uzaklardan buraya?"

"Hep merak ediyordum, burada ne var? İnsanlar nasıl canlılar diye, zor oldu ama geldim en sonunda. Canın sıkılmıyor mu, nasıl bir oda burası bomboş?"

"Burası özellikle boş, dolu odalarda konuşamıyorum sizinle. Ne gelen kelebeklerin kanat sesini ne de yürüyen karıncaların tıkırtılarını duyabiliyorum. Ayrı bir oyuncak odam var. Bazen gidip oyuncaklarımla oynuyorum. Ama burası gözlerimin gördüğü tek yer. Dokunarak oynarım ben. İnsanlara, eşyalara dokununca onları hissediyorum. Uzaktan görmenin, bakmanın nasıl bir temas olduğunu anlamış değilim."

"Siz insanlar hep dokunur musunuz birbirinize?"

"Herkes değil galiba. Daha çok görerek ve iki kelime ederek seviyorlar. En çok kullandıkları cümle: 'Seni seviyorum'dur."

"Garipsiniz. Biz hayvanlar ise sadece dokunuruz birbirimize."

"Bana karıncaları anlatır mısın? Annem hep, büyük işler yaptığınızı söylüyor."

"Çok küçüğüz size göre, ama çok kalabalığız."

"Ben çok kalabalığı sevmiyorum."

"Bizim kalabalığımızda sevgi yok ki. Beraber yaşamak, çalışmak zorundayız."

"Neden?"

"Sizin için. Bizim de sizin gibi ruhumuz var. Allah bile ruhu üflerken, insanlığa faydayı şart koymuş. Her şey sizin için."

"Çok çalışıyormuşsunuz, hiç dinlenmez misiniz?"

"O duyguyu pek bilmem. Her sabah ne yapmam gerektiğini bilerek uyanırım ve sürüye katılırım."

"Peki, başına gelecekleri biliyor musun? Çok küçüksün, ya ölürsen? Korkmuyor musun?"

"Engelleri bilemiyorum, ama hedefimi biliyorum. Önemli olan engeller değil ki, onlar geldiğinde ne yapacağımı bilmek. Bir şey soracağım, kaç yaşındasın?"

"30."

"Ne şanslısın, 30 sene yaşamışsın, bizse 15-20 gün, en fazla da 50 gün."

"Gerçek yaş, toplanan yıllar, zamanlar değil ki, içindeki

olaylardır. Ben 90 yaşında gençler, 20 yaşında yaşlılar tanıdım. Yaşadığın yaşların hakkını verebilmek önemli olan. Bak, sana babamın anlattığı gerçek bir tarif yapayım yaşla ilgili:

II. Dünya Savaşı'nın generallerinden biri olan MacArthur şöyle demiş: 'Gençlik aslında az yaşamış olmak değildir: Bir ruh halidir. Bir iradenin sonucudur. Bir hayal etme kabiliyetidir.'

Gençlik, bir heyecan çokluğudur. Cesaretin çekingenliği mağlup etmesi, olayların içinde yaşamak şevkinin rahatlık keyfine gelip gelmemesidir.

İnsan hayatta bir miktar yıl yaşamış olmakla ihtiyarlamaz, idealsiz kaldığı zaman yaşlanır.

Yıllar deriyi buruşturur. İdealsiz kalmak ise, ruhu buruşturur.

Endişeler, şüpheler, korkular ve ümitsizlikler öyle bir düşmandır ki belimizi toprağa doğru büker ve bizi ölmeden önce bir yığın haline getirir.

İlk defa gördüğü güzel şeylere hayran olan insan, yaşı ne olursa olsun, gençtir. O tıpkı bir çocuk gibi usanmak nedir bilmeden daima ister. Hatta istemekle de kalmaz, olaylara kafa tutar ve yaşamak denen oyunu oynamaktan ayrı bir zevk alır.

Peki, ben?"

"İdeallerim var dedin ya. Doğumdan ölene kadar gençsin işte!"

"Hem insanlardan şanslısın bazı konularda, mesela kalabalıksınız ve hepiniz aynı amaç için mücadele ediyorsunuz."

"Bunun neresi şans?"

"Bütün mesele sadece iyi olmak ve yaşamak için mücadele etmek değil. Asıl olan iyi olanların toplu halde mücadele etmeleri. Biz insanlar birlik ve beraberlikte problem yaşıyoruz. Bedelini her birimizin ödemesi gereken felaketlerde kaçmayı tercih ediyoruz. Fedakârlık ve sorumluluk almayı hep başkasından bekliyoruz. Tek başımıza çok güçlü konuşuyoruz, bağırıp çağırıyoruz, şimdilerde tweet'ler atıyoruz.

Biraz vurdumduymaz biraz da ateş düştüğü yeri yakar diyenlerdeniz. Aslında böyle yaptıkça kötülere fırsat veriyoruz. Aslında yaptığımız iyi ve güzel şeyleri az, yanlışlarımızı çok görmeliyiz. Bu bizi az olanı çoğaltmaya, yani daha çok iyiliğe yöneltecek.

Hayır kurumlarında çalışmıyoruz. Sadece tweet atıyoruz. Ama bu yolla kimseyi mutlu edemeyiz. İyilikte yalnızlaşmak, kötülüklere karşı daha da güçsüz yapar. İnsan önleyemediği kötülüklere alışmaya başlıyor. Kötülükler, kötü niyetli insanlarla geliyor ve tek başına olan biz insanlar o kötü insanlara alışıyoruz. Yani inandığımız gibi yaşamazsak, yaşadığımıza inanmaya başlıyoruz."

"Ne güzel anlattın, Su."

"Sen de ne güzel dinledin."

"Güzel şeyleri herkes dinler."

"Biliyor musun, dinlemek anlatmaktan daha önemli. Hayatı gerçekten dinlemeyenin anlattığı her şey eksik kalır."

"Çok gürültü var dünyada, nasıl dinleyeceksin ki?"

"Gürültü dünyanındır. İnsan gürültüyü duyar ama içinden en güzelini bulup dinler. Karşısındakini ilk defa görüyormuş, çok önemli ve bir daha karşılaşmayacakmış gibi hissetmeli. İnsanlarla konuşurken dikkat etmek gerek. Çok konuşurlar, gürültülü gelir ama o uzun cümlelerin içinde bir kelime vardır dinlemesi gereken, işte o gizli, özel olandır. Bağıran bir annenin dakikalar süren öfkesinin içindeki 'evladım'; ağlayan, kavga eden bir sevgilinin saatler süren konuşmasının içindeki 'canım', utanç içinde pişman olmuş birinin savunmasındaki 'lütfen'i dinlemeyi bileceksin. Gerisi gürültüdür."

"Tüm insanlar senin gibi mi? Ne güzel konuşuyorsun. Sen yalnız mısın burada?"

“Teşekkür ederim. Ailemle yaşıyorum. Annem ve babamla. Zaten birazdan annem gelir kahvaltı için, yemek saatlerimi atlamıyor. Ben biraz iştahsızım, dayanamıyor. Böyle pazar günlerini atlamaz, hep beraber kahvaltı yaparız.”

“Pazar günü ne demek?”

“İzin günü, tatil, dinlenme günü demek. Hafta içi çalışıyorum, birçok insan böyledir. Haftada bir gün dinlenirler, diğer günler bir işte çalışırlar.”

“Dinlenmek için günleriniz var demek. Koca bir günü dinlenmeye ayıracak kadar ne iş yapıyorsunuz, merak ettim.”

“Siz dinlenmez misiniz?”

“Evet, dinleniriz ama kısa süreli, sık sık olur. Sizin gibi biriktirip, koca gün dinlenmeyiz. Çünkü sonradan çalışmak zor olur.”

“Haklısın, pazartesi sendromu diyoruz biz o dediğine.”

“Nee?”

“Çok önemli değil, kendimizce uydurduğumuz bahane kılıfları, boş ver Kora. Annemin ayak sesleri bunlar, bak dinle. Birazdan Su diye seslenecek.”

“Neden?”

“Yemek ve ilaç saati. Annem çalar saat gibidir, hayatta unutmaz. Konu ben isem ayrı bir özen gösterir.”

“Gözlerin görmüyor diye mi?”

“Tabii bunun da etkisi var ama anneler başka severler evlatlarını. Onlara göre biz çok iyi göremeyiz, duyamayız. Anneler hem kendileri hem de evlatları için iki kere bakarlar, iki kere dinlerler, iki kere dokunurlar. Bizim yerimize de yaşarlar.”

“Her şeyiniz abartı, ne diye böyle yapıyorlar?”

“Sevmek diye bir şey duydun mu?”

“Evet.”

“Nerede, kimden duydun?”

"Hâlâ duyuyorum, hiç sesi kısılmadı ki, bizde aile kavramı yok ama Yaradan'ın beni sevdiğinden emin doğuyorum. Her zorlukta, onun sevgisi fısıldanıyor kulağıma."

"Sürekli duyuyor musun yani?"

"Emin olma hali diyelim. Şüphe yok. Mesela senin adın Su. Bundan emin misin?"

"Evet."

"Şüphen var mı?"

"Yok."

"İşte, o kadar, %100. Şunu anladım ki biz hayvanların eğilimleri yok. Tamamen amaçlarımız var. Bizler kendimiz için en doğru, en güzel olanın peşindeyiz. Amaçlarımız da var, olmalı da ama çoğu zaman sapıyoruz. Ama hayatı sorgulamamız güzel bir şey. Sen de buraya gelerek amacından saptın galiba, Kora?"

"Bunu da Allah biliyor galiba, belki de o istedi."

"Neden?"

"Bekliyorum o cevabı görmek için. Belki bana değil, senin sorularının cevabı için buradayım."

"Hımm."

"Su, biliyor musun, biz hayvanlar binlerce yıldır değişime uğruyoruz. Görünüşümüz değişime uğrar ama ruhumuz hiç değişmez. Amaç hep aynı. Ama siz insanların görüntüsünde pek de bir değişim yok, galiba içiniz çok hızlı değişiyor. Duygu dediğiniz, düşünce dediğiniz şeyler hızla değişimde."

"Bıkmadınız mı insanlara rağmen doğayı, havayı, denizi, toprağı korumaktan? Her türlü zulümlerimize karşı ümitsizliğiniz olmuyor mu?"

"Eğer bu şekilde düşünseydik size savaş açardık. Sizi yok etmenin yollarını arardık. Peki, siz bıkmadınız mı bizi yormaktan, yok etmekten? Bıkmadınız mı her şeyi istemekten? Doğaldan bıkıp, size güzel geleni dizayn etmekten? Bıkmadınız mı çok yemekten, çok konuşmaktan, çok giyinmekten, çok ağlamaktan?"

"Ben başında 'çok' olan şeyleri sevmiyorum. Çünkü inanmıyorum 'çok'lara, samimiyetsiz gelir. İnsan, kendisini bu kadar yoğun önemserken, başkası hakkında çoklaşamaz. Haa, annem!"

"Kızım acıkmadın mı?"

"Acıktım, ama burada yemek istiyorum."

"Yine mi su? Birlikte yiyelim işte yemeğimizi?"

"Annecim, şu an çok güzelim ve devam etsin istiyorum."

"Tamam, peki getiriyorum."

"Teşekkür ederim."

"Çok güzelim dedin, ne demek bu?"

"Annemle aramızdaki bir şifre. Öyle söylediğimde mutlu oluyor. O yanımdayken onu fark ettiğimi hissettirmek beni de mutlu ediyor."

"Nasıl yani?"

"Kora ben görmüyorum ama hissedebiliyorum. İnsanların tek derdi fark edilmek. Çoğu zaman sevmek değil, sevilmek derdimiz. Mesela benim yanımda arkadaşlarım kendilerine çeki düzen vermezler. Bana gelirken güzel giyinmez ya da uzun saatler hazırlanmak için çaba sarf etmezler."

"Neden?"

"Çünkü ben görmüyorum. Nasıl göründüklerini fark etmeyeceğim, yani bendeki imajlarını göremedikleri için. Herkes yediği, giydiği, aldığı, sahip olduğu her şeyi başkası görsün, duysun ister. Çünkü başkalarının zihninde kendileri ile ilgili imaj yaratma çabaları vardır. En güzel ev, lüks araba, güzel kadın, yakışıklı koca, zeki çocuk, kırmızı elbise, yurtdışından gelen sigara, başarılı kariyer, pahalı cüzdan, az üretilen çanta, mükemmel şarkı, yılın filmi vb. neye sahipseler, bilinsin isterler.

Kendi değerlerini başkalarının algılarında yaratmaya çalışıyorlar. Egolarına uygun imajlar yaratıp sonra o imajlara tapınıyorlar."

"Yani insanlar, başkalarının zihinlerinde kendi fotoğraflarını yaratıp, onları mı seviyorlar?"

"Evet."

"Ne kadar büyük açlık?"

"Evet, çok açız. Doymaya çalışıyoruz ama doyamıyoruz. Beynimiz obez."

"Ama nasıl göründüğünüz, bilindiğiniz hiç mi önemli değil?"

"Tabii ki önemli ama nasıl göründüğüm, sana olan saygımdan önemli değil. Somut şeylerle senin dünyanda yer edinmeye çalışmak, âcizlik aslında. Eşyalarım sayesinde yarattığım imajları koruyabilmek için sürekli eşya almak zorundayım. Eşyalar çabuk eskir. Sahip olurum, alırım, birkaç gün sonra bendeki etkisi azalınca, sende de azaldı zannedip yenilenme ihtiyacı hissederim. Bu sefer tüm yaşam amacım somutlaşmaya başlar. Peki, bir gün hepsi giderse ne olacak?"

"Yok olacaksın."

"Hayır, yok olmam sadece hastalanacağım. Ama bu hastalık ilaçlık değil. Maneviyatla ilgili. Özümü, gerçek beni tanıyıp kabullenene kadar acı çekeceğim ve inşallah iyileşeceğim."

"İyileşmezsen eğer?"

"Yalnızlığa hapsedeceğim kendimi, sokağa çıkmayacak, eve kapanacağım. Kıyaslanmamak için başkaları ile çıkmayacağım. Saklanacağım, insanlar eski beni hatırlasın diye susacağım bir süre. Acı çekeceğim ama bilinsin istemeyeceğim. Entelektüel bir algı yaratıp, başka fikirlere sarılacağım. Odak değiştireceğim, yalnızlığım içinde kavrulup tweet'ler atacağım yeni fikirlere dair. Ne kadar retweet ne kadar fav alırsam, bu sefer onlardan besleneceğim. Yeni bir yol bulacağım. Beğeni sayılarımla kendimi değerlendireceğim."

"Tweet, retweet, fav nedir?"

"Şimdiki insanların dostu, yalakası, tanrısı, hizmetçisi, arkadaşı, evladı, annesi, babası, ekmeği, suyu, yani her şeyi. Modern hayatın mutluluk çubuğu, antidepresan putu. İnternet, yani bir nevi birbirimizi görmeden, maskelerimizle kurduğumuz iletişim şeklimiz."

"Anlamadım."

"Anlama, lütfen anlama!"

"Mutsuzsunuz."

"Aslında her insan mutludur. Sadece, gölgeleri karanlık zannedenler olur. Her insan aydınlıktır, ışıktır. Aldıkları kararlar ve yaptıkları seçimler yüzünden hayatları zora girer. İşte, bu karar ve seçimler, kendi aydınlıkları içinde o gölgeleri karanlık zannederler. Karanlık ölümdür. Bir kere olur, vakit geldiğinde. Ama insan her sıkıntıyı, acıyı karanlık zanneder."

"Sen karanlıktasın, o zaman ölümsün."

"Senin gördüklerini görmüyorum diye karanlıkta mı olduğumu sanıyorsun. Nefes alıyorum; karanlık, nefes alamadığın andır. Sıkıntılı zamanlarda insanların nefes alamıyorum demeleri buradan gelir. Daraldım, boğulacağım vb. Gölgeleri karanlık yani ölüm zanneder. Her gölge geldiğinde, ışık arar kendine. Kimi başkasının omzunda, kimi ilaçlarda, kimi uyuşturucuda, kimi alkolde, kimi Allah'ta, kimi şeytanla ışık arar kendine.

Başka insanlar, uyarıcılar, eşyalar, zanlar ışık değildir. Onlar ömrü sınırlı mumlardır. Yakarsın ama erir gider. Dayandığın omuz yorulur. Kullandığın uyarıcı biter, duyarsızlaştırır seni. Gittiğin yerler eskir, alışkanlık yapar, etki etmez, kaçtığın yer daralır, ufalır, adresi kaybedersin. İçtiklerin bir yere kadar sığar vücuduna, fazlasını alamazsın, konuştuklarını belli bir süre dinler, sıkarsın, hepsi mum gibidir. Sadece 1 metre etrafını gösterir, gerçekleri karanlıkta bırakır, sadece kendisini gösterir sana. Evde elektrik kesilince, annemle babam paniklerler, ikisi de birbirine ne desin, mum yak hemen derler. Kendilerini ve birbirlerini merak ederler. Bir mum yakarlar ve yine birbirlerine, 'Dikkat et, aman,' derler, çünkü sadece önlerini görürler, etraflarını tam göremezler, gerçekler gider gölgeleri kalır."

"Su?"

"Efendim, anne?"

"Ayran da yapıyorum."

"Harikasın. Ayranı bilir misin, Kora?"

"Hayır, o ne?"

"Sulu yoğurt."

"Ne çok biliyorsunuz, ne çok şey tadıyorsunuz öyle. Gerçekten zormuş yaşamınız."

"Aslında haklısın bir yere kadar. Bilgi, sorumluluk getiren bir şey. Bildiklerin mutlu etmez, o konu ile ilgili sorumluluk almak zorunda kalırsın, insan bir şeyi öğrendiğinde onu bilmiyormuş gibi davranmamalı."

"Siz bildiklerinizi de bilmiyor gibi yapabiliyorsunuz!"

"Evet, hem de çok, hem de sürekli. En basiti, yerlere çöp atmak çevreye zarar verir, bilincine sahibiz. Ama keyif ve konforumuza göre davranırız. Sigara zararlıdır, bilincine sahibiz ama alışkanlık, keyif, zevk adı altında içeriz. Her insan iyilik yapmanın önemini, faydasını bilir ama çoğunlukla iyiliğin kendisine yapılmasını bekler. Mesela siz hayvanlarda iyilik kavramı yoktur. Siz yapmanız gerektiğini bilir ve yaparsınız, karşılığında teşekkür beklemezsiniz.

Biz insanlar, çoğu zaman teşekkür alamayacağımız yardımlara girmeyiz ya da yapacağımız yardım nasıl kullanılacak, gerçekten ihtiyacı var mı, belki yalan söylüyor diye yapmayız.

Aslında sadaka verirken bile dilenci hakkında önyargı sahibi olmamak lazım. O yalan söylese de, zengin de olsa o an için isteyen konumunda, az da olsa verebilmeli insan."

"Neden?"

"Biz de bir şeyler isteriz sürekli. Evimiz varken, araba, arabamız varken elbise, yemeğimiz varken tatlı. Ayakkabımız varken çanta isteriz. Allah'a yalvarır, iş, güç, mutluluk isteriz.

Allah bize: senin evin var, koltuğa gerek yok. Üç elbisen var, dördüncüye gerek yok, demez. Ya da iş istemeye bir şirkete gittiğimizde, işveren bize eviniz, bankada paranız var, iş veremem demez, dememeli. İsteyenin sahip olduklarına değil, isteme eylemine odaklanmak lazım.

Başkası istediğinde, standardın kadar verirsen, sen de ileride başkasından yardım istediğinde az da olsa gelir."

"Senin istediğin kişi nereden bilecek, önceden başkasına ne kadar yardım edip etmediğini?"

"O bilmez ki. Allah bilir, Allah onun eline, cebine, diline, gönlüne düşürür ölçüyü. Yani onu, benimle ilgili Yaratıcı yönlendirir."

Su'nun annesi elinde bir tepsi ile odaya girer.

"Kızım?"

"Efendim, anne?"

"Akşam konsere gidiyoruz."

"Konser mi? Kimin konseri?"

"Sürpriz."

"Anne, gerçekten merek ettim."

"Benim de şimdi haberim oldu. Meral Teyzen aradı az önce, biletleri bile halletmiş."

"Meral Teyze varsa işin içinde az çok kimin konseri olduğunu tahmin edebiliyorum ama TV'de, radyoda da dinlemedim. Neyse, sürprizi beklemek daha zevkli."

"Ben de işleri toparlayayım, hazırlık falan."

"Kora, senin ailenle aran nasıl?"

"Bizimki sizinkinden çok farklı. Bizim dünyamızda tüm karıncalar ailedir. Bizde sizinki gibi sevgi yoktur, bağ vardır. Sevsek de sevmesek de biz birbirimize bağlıyız sadece. Ama insanlarda sevgi var, bağ çok yok gibi."

"İnsanlar sevdiklerine bağlıdır."

"Her koşulda, her şeye rağmen mi?"

"Hayır, şartlar değişirse, bağ zayıflar, kopar."

"Şartlar?"

"Yani, aslında menfaatler, çıkarlar, duygusal zayıflıklar vb."

"Bizde bağ demek, birliktelik demek. Tüm dünyadaki karıncalar tek bir amaç için yaşar ve ölür. Doğa ve insanlık. Bu sebeple dünyanın öbür ucundaki karıncadan şüphemiz yoktur, eminizdir. Ama siz, dibinizdeki, en yakınınızdaki insanlardan bile şüphe edebiliyorsunuz. Belki de emin olamamak, ruhsal dengenizi bozuyor."

"Keşke tüm insanlar görebilse."

"Onlar da mı senin gibi görmüyor."

"Hayır, bakıp göremeyenlerden bahsediyorum. Kaç kişi işe, okula giderken dünyadaki tüm canlıların çalıştığını, onlar için çabaladığını fark ediyor acaba? Havlayan köpekler, alçaktan uçan kuşlar, saçımıza konan çiçekler, zamansız yağmurlar, evi basan karıncalar, her şey bir çaba içinde. Konforumuz tehlikeye girince, biz çıldırıyoruz aslında. Bizim dışımızdaki her şey, konforumuzu sağlamaya çalışıyor. Farkında olmadan kaç kedi, köpek, karınca ya da insan doyurduk acaba?"

"Nasıl yani?"

"Çöp diye attığımız, mutfakta, kapının önünde bıraktıklarımız, kafelerde unuttuklarımız, yarısını yiyip, kaldırım kenarına bıraktıklarımızla kaç canlı haberimiz olmadan doydu acaba?"

"Vücudunuzun, derinizin hatta saçınızın bile reddettiği döküntülerden yaşam bulan organizmalar var. Görmemek, yok saymak olmamalı."

"Her şey fayda üzerine. Çok şanslıyız biz insanlar. Hayat gerçekten güzel, hatta güzel ötesi."

"Her insan karıncalarla konuşabilir mi?"

"Evet, konuşabilir, hem de tüm canlılarla konuşabiliriz. Dünyadaki tüm insanlar aynı dili kullanır. Gönül dili, hisler. Gönül dili: Türkçe ya da İngilizce değildir. His dili aynıdır. Ağzımızdan çıkan sesler iletişimi engeller aslında, çünkü her cümle, her kelime zihin eleğinden geçer. Ya konuşanın çıkarına ya da karşısındakinin çıkarına uygun hale getirilir. Asıl sohbet, diyalog gönül dilidir. Var olduğunu hissettirir. Orada tüm canlılar aynıdır, insan, hayvan, bitki ayrımı yoktur."

"Nasıl yani, gerçekten mi?"

"Evet, bunun en büyük ispatı, küçük insanlar yani çocuklardır. İnsan çocukken gerçekten gönül diliyle konuşur. Tüm hayvanlarla, ağaçlarla konuşurlar, oyun oynar bazen de kavga ederler. Büyüdükçe kopar iletişimleri."

"Neden?"

"Çünkü büyümek, eksilmektir. Özgürlüğün, üretkenliğin, saflığın, duruluğun, sevginin, saygının eksilmesidir büyümek. Çünkü büyüdükçe ölüm yaklaşır. Ölüm korkudur, baş edemez insan, ölmemek için öldürür. Ruhen öldürür, anlık kırar, saatlik aldatır, günlük kinlenir, öldürür karşısındakileri. Sadece kendisi yaşasın diye zarar görmek istemez. Ruhları yara alan, ruhları ölen insanlar gönül dilinden konuşamazlar."

"Ruh ölür mü?"

"Bu dünyada uyur bazen. Kırılır, inzivaya çekilir. O uykuya geçtiğinde, beden hastalanmaya başlar."

"Çocuklar ölümü bilmezler mi?"

"Hayır, onlar ölenlerin uçtuğuna, bulutların arkasına gittiğine, Allah'ın yanında oturduklarına inanırlar. Bizim öldü dediklerimize olağanüstü güçler yüklerler. Onlar için ölenler, uçar, güçlüdür, bizi beklerler, melek olmuşlardır. Allah sevdiğini erken alır, der büyükler çocuklara."

"Çocukların kafası karışmaz mı? Ölmedikleri için sevilmediklerini düşünmezler mi?"

"Tam tersine, Allah'ın sevmesi için, iyi insan olmak için yaşarken, iyi insan olmak unutulur."

"Ama iyi insanlar da çok. Biz hayvanlara bakan, koruyan, yemek veren."

"Evet, çoğu insan hayvanlara bakar, ilgilenir. Sizler de onları yalnız bırakmazsınız, minnet duyarsınız."

"Hayır, biz insanlara minnet duymayız, bize baktıkları, yemek verdikleri için onların yanında durmayız."

"Ama kedi, köpek, kuş vb. hayvanları besleyen binlerce insan var. Hayvanlar onlarla yaşamayı seviyor."

"Biz o insanların iyilikte sürekli olmaları için onların yanında dururuz. Bize yemek vermelerinin karşılığında değil. Allah o insanların gönlüne iyilik aşılar. Bu onların iyileşmeleri için bir fırsattır. Bunu hissedip eyleme geçenler, bizi mutlu etmezler. Kendilerini iyileştirir, mutlu ederler. Çünkü onlar bize baksa da bakmasa da Allah bize yeter. Biz daha çok kalırız yanlarında, onlar daha çok iyilik yapıp iyileşsinler diye."

"Oleyyy!"

"Ne oldu?"

"Hayatla ilgili güzel bir şey daha öğrendim. Hayat gerçekten güzel, Kora."

"Ne garip, kendi sorularımın cevabını tam bulamamışken, senin bazı sorularına cevap oluyorum."

"Yaşam böyle dengelenir zaten. Her sorunun cevabı başka

birinin bildikleridir. Aslında biz insanların arasındaki ilişkiler de sizinki gibi. Tamamen iyileşme üzerine."

"Nasıl?"

"Biz sosyal varlıklarız. Büyüdükçe eksiklerimiz artar. Ölme korkusundan dolayı, yaşama arzumuz yükselir. Yaşadığımızı hissettirecek insanlar ararız. Dost, kardeş, arkadaş, sevgili, eş, evlat, patron, çalışan, doktor, avukat vb. Aslında hayatımızdaki her insan bir yanımıza iyi gelmek için vardır."

"Ama kavga edip üzüyorsunuz birbirinizi."

"Onun nedeni de iyileşmek zaten. Mesela egolarımız, isteklerimiz, çıkarlarımız devreye girince bazı insanlarla çatışırız, kavga eder, hatta küseriz. Nerede kavga, küslük varsa orada aşırı istek vardır. O duygu abartıldığında sistem seni o abartıdan uzaklaştırıp normale almak ister ve etrafındakilerle çatıştırır. Biz insanlara küstüğümüzü zannederiz ama bize acı veren, ağır gelen o isteklere küsmeyi, onlardan arınmayı öğreniriz. Kısa vadede kayıp gibi gözükür ama uzun vadede faydaya dönüşür.

Çok zengin olmaya başlayan insanlar vardır. İşler yolunda gider. Kazandıkça kazanmak isterler. Ailesi ile gönül dili iletişimi azalır. Bu durum aileye zarar verdikçe baba, kendini haklı görüp işkolik olmaya devam eder. İşte o anlarda Allah büyük bir iş daha verir. O işe ulaşması için birkaç insanı görevlendirir. Bu görevliler bazen yanındaki biri bazen de yeni tanıdığı biri olur. Aslında gelen iş hayır değil, şerdir. Sadece güzel gözükür. Aileyi ihmal ettikçe iş daha da güzel gözükmeye başlar. Sonra iş patlar, iflasa sürüklenir. İçine kapandıkça aileye döner, aile yanındadır.

Tekrar sohbet ve paylaşımlar gelir. Küçüldükçe evde diyalog artar. İyileşir, iyileştirir."

"Peki, o kötü insanlara ne oldu?"

"Hangisine?"

"O işe onu sürükleyen kötü niyetlilere."

"Onlar kapkaç insanlardır. Kısa zamanda çok şey kazanma arzusu olanlardır. Onlar da hastadır. Onlar da maddi anlamda kâr, insan anlamında zarar ederler. Para kazandıkça dost kaybederler. En sonunda büyük paraların içinde küçük bir sorundan dolayı çıkmaza girerler. Ama yanlarında kimse kalmaz, aileleri bile."

"Paraları varsa mutludurlar."

"O paralar iyileştirmez, insan satın alır ama gönül alamaz. Etrafı kalabalık olsa da gönül dilleri konuşmaz, kimse gönlünü açmaz onlara, işte en zor hastalıktır bu."

"Nasıl iyileşecekler peki?"

"İstemezlerse ölürler, intihar ederler, cezaevine girerler, yalnız kalırlar, ruhları hasta, bedenleri süslüdür sadece."

"O içtiğin ayrandı değil mi?"

"Evet, ister misin?"

"Merak ediyorum."

"Parmağıma gel, uzatacağım. Seni yavaşça bardağın kenarına yaklaştıracağım, ucundan tadına bakabilirsin."

"Tamam."

"Hadi gel. Parmağımı uzatacağım, hadi üstüne çık. Seni yavaşça bardağın ağız kısmına bırakacağım. Bak bakalım ayranın tadına."

"Sana güveniyorum."

"Anlamadım."

"Zarar vereceğine inanmıyorum. Senin elinde ölmek istemiyorum."

"İnsanlardan korkuyorsun, değil mi?"

"Evet."

"Seni öldürmelerinden mi korkuyorsun?"

"Hayır, görevimi tamamlamadan ölmek korkutuyor sadece, çünkü ölüm acı vermez."

"Nasıl ölüm acı vermiyor?"

"Doğum ve ölüm acısızdır. Başlangıç ve son acı vermez. Acı, ikisinin arasında yaşadıklarındır, yani nasıl yaşadığındadır."

"Ama biz insanlar ölümü acı veren bir şey gibi görüyoruz. Hatta nasıl ölmek istediğimiz ile ilgili tasarılar yaparız. Annemin arkadaşları bazen evde konuşurlar: Allah ölümün de hayırlısını versin, işte yanmak, boğulmak vb. şekilde ölmek istemeyiz."

"Biz bu durumu şöyle biliriz. Bu, bizim kodlarımızda vardır. Doğum ve ölümün farkındalığı yoktur. İkisinde de melekler rehberdir. Biri yolcular, diğeri karşılar."

"İçebildin mi? Nasıl tadı ayranın?"

"..."

"Kora."

"Tuhaf, benlik değil."

"Çok garip."

"Nedir garip olan?"

"Bir karınca elimden ayran içiyor."

"Bence daha garip bir şey var."

"Nedir?"

"Bir insanın elinden ayran içiyorum."

"Aynı şey değil mi?"

"Çok iyisin, Su."

"Sen de Kora. Üzülüyorum, çok kalamayacağın için yanımda."

"Çok şanslısın, hayvanlarla konuşabiliyorsun, çok fazla karınca gelir yanına."

"Haklısın ama çoğu sohbet etmeye gönüllü olmuyor senin gibi. Korkuyorlar."

"Onlar senden korkmazlar, insanlar yüzünden görevden alıkonmaktan korkarlar."

"Her şey görev mi sizin için?"

"Evet. Peki, sizin için ne?"

"Mutlu olmak."

"Tek derdiniz bu mu?"

"Galiba. Yaşadığımız her şeyden mutlu olmaya çalışmak."

"Hayat zaten mutlu edecek kadar güzel, değil mi?"

"Ama insan mutlu edecek şeylere odaklı değil. Nerede acı var, eksiklik var, algıları orada. Beni görünce bile ağlayıp üzülecek şeyler buluyorlar."

"Onlar sana mı ağlıyor, yoksa kendilerine mi ağlıyorlar?"

"Bilmiyorum ama üzülüyorlar."

"Gören biriyle karşılaşınca sevinip gülmeyenin, görmeyen birini görünce ağlaması, üzülmesi ne garip. Yokluğu üzen şeyin varlığı sevindirmeli."

"İşte, sorunumuz bu. İnsan hayatında sahip olduğu şeylerin kıymetinde, şükründe değil. Onları eskitip bitirene kadar uğraşır, sonra dertlenir. Hayatlarını da her gün eskitiyorlar."

"Hayat nasıl eskir ki?"

"Her gün aynı şeyleri yaparsan. Aynı yüzle, aynı düşünceyle, aynı hareketlerle, aynı işlerle yaşayan eskir. Sıkılır, sıradanlaşır."

"Her an için farklı bir şey mi yapmak lazım?"

"İnsanı üzen aynıcılıktır. Yeni fikir, yeni tavırlara açık olmak lazım. Oysa hayattaki her şey, her gün ölüp tekrar doğuyor. Dağ, deniz, güneş, çiçek, insan, doğa, her şey yenilenip ölüyor. Sıkılmadan yenileniyor. İyi, kötü, doğru, yanlış her şey yenileniyor. Yeni şarkılar, yeni sözler, yeni hastalıklar, yeni ilaçlar, yeni aşklar, yeni yalanlar, yeni kötülükler, yeni doğrular, yeni iyilikler...

Kora, insanlar artık eski yaşamları, eski şarkıları, eski ilişkileri özlüyor. Yeni gelenleri doğru karşılayamıyorlar."

"Neden, neden eskilere bu özlem?"

"İnsan yerinde sayamaz. Ya ileri ya geri gider. İlerisi yeniliktir. Her şeyin yenisi ile karşılaşırsın. Gelen yeniler zor, kötü olunca, duramıyor, istemiyorum diyemiyor. Hem yaşıyor yeni gelenle hem de özlem duyuyor geçmişe. Yani yeni tavırlarla eski yaşamları istiyor.

Leyla ile Mecnun olmak istiyorlar ama tweet'leşerek. Bir de hep sarhoşuz biz. Ayık olmadan hayatın güzelliklerini göremeyiz ki."

"Sarhoş, ne güzel bir kelime. Kime sarhoş deniyor. Ben de sarhoş olabilir miyim?"

"İnsan şunu sormalı kendisine, ben neyin sarhoşuyum? İnsanın kendi eliyle yaptığı alkol sarhoş etmez sadece. Aklını muhakeme becerisini yok edecek ne varsa hayatında, o, seni sarhoş edendir. Para, Mevla, koltuk sevdası. Abartılı evlat, eş, sevgili aşkları.

"İnsanın bir şeyleri sevmesi kötü mü?"

"Ölçülü sevmek kadar güvenli bir kucak yoktur. Azalıp çoğaldığında zarar verir. Parayı sevmeli ama paylaşıp yardımlaşacak kadar. Evladı sevmeli ama emanet olduğunu unutmadan. Koltuğu, mevkiyi sevmeli, geçici olduğunu bilerek.

Başında çok olan sevgiler, sahtedir. İnsan bir şeyi çok sevdiğini söylüyorsa, aslında sevdiği tek şey kendisidir. O şeye sahip halini seviyor, hayal ediyordur."

"Yani hepiniz sarhoşsunuz."

"Evet, her insan sorarsa kendine, bulacaktır kendisini sarhoş eden şeyi. Sarhoşken güzellik gider. İllüzyon gelir. Hayatın önüne perde çeker, kendi zihninin ürettiklerine odaklanırsın. Kendi dünyanı yaratırsın ve oraya hapsedersin kendini. Sadece sen varmışsın gibi hissedersin. Sonra bencilleşir, herkesi, her şeyi senden aşağıda görmeye başlarsın. Hayat sen böyle yaptın diye, güzelliklerinden vazgeçmez. Sadece seni eler, sen iyileşene kadar. Sonra gelir, devam edersin.

"Sen de sarhoşsun, Kora."

"Nasıl yani, nedir beni sarhoş eden?"

"İsyanın ve merakın."

"Neye isyan ettiğimi bilemedim."

"Hayvan olmaya, düzenin içindeki görevine olan isyanın seni getirdi buraya."

"Böyle konuşma, iyi hissetmiyorum."

"Özür dilerim kırdıysam. Sadece bildiğin bir şeyi söylemek istedim. Gerçek şu ki diğer tüm karıncalar görevde. Sen ayrıldın onlardan. Boşluk yarattın, hayat boşlukları sevmez. Yerini doldurur."

"Ölecek miyim, yerime başka karınca mı gelecek?"

"Bu, hepimiz için olacak bir şey. Sadece şu an için olanı söylemek istedim. İnsanlar için de geçerli olan bu. Hayat alır. Biz görevlerimizi yapamadığımız zaman fırsatlar kaçar. Ama çok istediğimiz şeyleri sadece biz istemeyiz. Aynı anda, aynı şeyi binlerce insan ister. Binlercesi karar verir. Kimi eyleme geçer, kimi eyleme gecikir. Kimi eyleme geçip sonra vazgeçer. Kimi zorlukları aşar, devam eder. Kimi ulaşır, kimine nasip olmaz."

"Kaçıranlara başka fırsat olmaz mı?"

"Nereden başlarsan başla. Mücadelene bakar hayat. Yani insanın ne istediğiyle ilgilenmez hayat. İlgilendiği tek şey, ne kadar istediğidir ve ne kadar mücadele ettiğidir. İstediğimiz şeyler bitmez. Sürekli yenilenir. Biten şey, istememizdir. Küser, vazgeçeriz.

Allah'a elma, aşk, araba, sağlık, evlat, para çok gelmez ki. Sonsuzluktan, sonlu şeyler beklemek bizim eksikliğimizdir."

"Bazen istedikleriniz olmaz demiştin."

"O gecikme yasasıdır. Bazen bizim istediklerimiz, bizim hazır olmamızı bekler. Kendini gösterir, bizi motive eder. Zayıf yanlarımız vardır, onları güçlendirmek için gecikirler."

"Hep sizin hak etmeniz, mutlu olmanız, değer bilmeniz için galiba."

"Aynen öyle. Olan da olmayan da imtihandır."

"Su, bu kadar şeyi nereden biliyorsun?"

"Bunlar benim bildiklerim değil ki. Yaratıcı'nın gerçekleri."

"Ama nereden öğrendin, nereden okudun ya da dinledin?"

"Kora, hani sen demiştin ya, biz hayvanlar doğduğumuz an her şey içimizde kayıtlı diye."

"Evet."

"Allah, insanlar doğmadan önce, ruhlarıyla beraberdir. Bedene ruhu üflemeden önce tüm şifreleri, gerçekleri, olacakları, olmayacakları kodlar, yerleştirir. Beden ölümlü olduğu için o ruhun içindekileri taşıyamaz. Sığmaz, şaşırır, sapıtır, çarpar, düşer, kalkar. Yaptığımız her yanlış, düştüğümüz her sıkıntı, çarptığımız her engel ruhun taşkınlığıdır.

Bebeklikten yaşlılığa kadar geçen sürede insan, ruhunu terbiye etmeyi öğrenir.

Bebeklik, sınırsızlıktır.

Çocukluk, taşkınlıktır.

Yetişkinlik, öfkedir.

Yaşlılık, eminliktir.

İhtiyarlık, teslimiyettir.

Ölüm ise buluşmadır."

"Her şeyin sebebi ruh mudur?"

"Evet. Beden eskiyen kıyafettir. Ruh yaşlanmaz, eskimez, ölmez. Sıkışmayı sevmez. Allah'tan gelir, Allah'a gitmek ister. Aradaki yolculuk dünyadır. Ruh dünyayı sevmez. Gelir, tadına bakar. Ama uçmak, sonsuz olmak ister. Uçtuğu özgür yerden dünyaya gönderilir."

"Önceden uçuyorsa, özgürse neden dünyaya gönderiyor ki Allah?"

"Sen, bilinmek nedir bilir misin? Allah canlıları, O'nu bilelim diye bu dünyaya gönderir."

"Allah'ın bilinmeye ihtiyacı mı var?"

"Hayır, ama bizim O'nu bilmeye ihtiyacımız var."

"Oradayken de bilmiyor muyduk O'nu?"

"Sen yuvanı biliyor musun?"

"Evet."

"Ne zaman daha çok düşünüyorsun yuvanı?"

"Ondan ayrı kaldığımda."

"İnsan da anasını, parasını, karısını, kocasını, evladını, eşyasını vb. onlardan ayrı kaldığında daha iyi bilir. Daha emindir onların varlığından. Ayrı olan bedendir. Çünkü beden gider, uzaklaşır. Ama ruh dayanamaz bu ayrılığa. Kavuşmak ister sevdiklerine, Yaratıcı'sına kavuşmak ister. Bu dünyada düşmelerimiz, gitmelerimiz boşuna değildir. Sevdiklerimize daha hızlı, daha coşkun dönmek için batarız sıkıntılara. Biz insanlar her acıdan sonra, sevdiklerimizin omzunu ararız. Kimi ihmal ettiysek orada deva buluruz. Sonra sevdiklerimiz var diye Sevgili'ye şükrederiz."

"Sevgili'nin sınavı mı bu?"

"Evet, bedeli ödenmemiş, sınanmamış AŞK, aşk değildir. Bizler kadın-erkek aşk yaşar, acı çekeriz. Daha da kıymetlenir aşk acıyla."

"O zaman bu dünyadaki tüm kavuşmalar, asıl Sevgili için mi?"

"Evet."

"Nasıl?"

"Biz insanlarda iki kelime vardır:

Anne evladına

Mecnun Leylası'na

Dağ denizine

Kuş yuvasına

Virgül noktasına kavuşunca

'ÇOK ŞÜKÜR,' der."

"Hayatınız bebekken isyandan sona doğru şükre bir yolculuk yani."

"Tam dediğin gibi Kora. Siz hayvanlardan tek farkımız bu işte. Siz doğumdan ölene kadar şükürdesiniz. Siz depresyon, şizofreni, kaygı, panik atak bilmezsiniz. Biz ise bu saydıklarımın hepsini yaşarız. Çünkü ruh bedene fazla gelince şaşırır. Bu şaşırmaları hastalık zanneder."

"O zaman tüm insanlar bunları biliyor değil mi?"

"Evet, biliyor ama sadece farklı olaylarda hatırlıyoruz."

"Gerçekten HAYAT GÜZELMİŞ."

"Neden peki?"

"Çünkü hayat tüm sesi, görüntüsü, kokusu ve tavırlarıyla sadece bir şey için karşınızda duruyor: Yaşamak. Yaşamanın tek şartı ise İNSAN olmak."

"İnsan olmanın tek yolu da kendini bilmek."

"Su, benim gitmem lazım."

"Nereye?"

"Arkadaşlarımın yanına. Kalan ömrümü görevlerime adamam lazım."

"Güle güle git o zaman."

"Çok teşekkür ederim, Su."

"Neden teşekkür ediyorsun?"

"Sorularıma cevaplarımı buldum."

"Kora, sen soruyu Allah'a sordun. Cevabı da sana Allah verdi."

"Peki, sen kimsin Su?"

"Ben ruhum. Allah'ın parçası, nefesi ve bu güzel hayattaki görüntüsüyüm. En küçük parçasıyım."

"Sen ne yapacaksın bundan sonra?"

"Bedenimle ruhum arasındaki dengeyi sağlamakla geçecek ömrüm. Kendine iyi bak, Kora."

"Sen de kendine iyi bak, insan."

Kendine iyi bak, ruh...
Kendine iyi bak, aşkım...
Kendine iyi bak, anne...
Kendine iyi bak, baba...
Kendine iyi bak, Ali...
Kendine iyi bak, Ayşe...

Kendine iyi bakana, hayat da iyi bakar. Hayat güzeldir ve önüne akar, ta ki Sevgili'yle buluşuncaya kadar."

"Su, kızım kiminle konuşuyorsun yine?"

"Kora ile anne."

"Kora kim?"

"Karınca."

"Yine mi karıncalar, böcekler."

"Evet, anne. Karıncalar, böcekler hepsi konuşuyor."

"Kızım, ilaçlarını almıyorsun, bak yine kendi kendine konuşmalar arttı."

"Anne, asıl problem kendi kendine konuşamamak zaten. Benimki problem değil, bu ilaçlar boşuna."

"Tamam Su, bu konuyu kapatalım."

"Anneciğim, anlaşamadığımız konuları kapatıyoruz ama çözemiyoruz."

"Çünkü bu konuda seni anlayamam, bana gerçekçi gelmiyor."

"Tamam, anneciğim. Ben güzelim şu an. Seni seviyorum."

"Suuu!"

"Ne var?"
"Ben de seni seviyorum."
"Hımm..."
"Su, Kora'mı demiştin?"
"Evet."
"Ne diyor bu karınca?"
"Siz insanlar, nasıl canlılarsınız dedi?"
"Sen ne dedin?"
"Biz de bunu bulmaya çalışıyoruz dedim."

Duralım ve Düşünelim!

- ✓ Bu yüzyılda en büyük tehlike, kendi kendine kalıp, dır dır eden iç seslerde kaybolmak. Dikkat!

- ✓ Deneyim ayrı, yetenek ayrı bir şey. Yetenek yoksa, istediği kadar deneyimli olsun, olmuyor.

- ✓ Söyleyecek şeylerin olsun, yapacak işlerin, sevecek ailen, dostların, harcayacak ve paylaşacak paran olsun, en önemlisi de şükrün olun.

- ✓ Ömrümden günler eksilmiyor, her sabah yeniden sevmek, yeniden şükretmek için ömrüme güzel günler ekleniyor.

- ✓ Başkalarının sana yapmasını istediğini beklerken esir olacağına, kendi yapacağın davranışları seçme özgürlüğüne odaklan!

✓ Hiç okumadığın kitaplardan, seyretmediğin hayatlardan, tanık olmadığın olaylardan güzel bilgiler geliyorsa kalbine, devam et yoluna.

✓ Geç kaldığımı zannettiğim bazı şeyler için daha çok erkenmiş. Hazır değilmişim.

✓ Başına gelen kazalar, bedenini öldürmediyse, ruhunu iyileştirmek içindir.

✓ Rüyasını görene kadar, devam. O zaman anlıyorum içimden samimiyetle geçeni.

“Yolculuğu seveni, yolun sonuyla kandıramazsın...”

Samimiyet Buluşturur

Önceden sahip oldukların değildi ki dertlendiğin şeyler. Yoksunluğunu hissettiğin her şey önceden de yoktu. Tadına baktığın her yemek gibi her ilişki, her eşya sende bir duygu bıraktı. Zamanla azaldılar, zamanla çoğaldılar, belki de şimdilerde yoklar. Sen ise sana ait olmayan zevklerin kölesi olmaya başladın. Aşklarına köle, eşyalarına kul oldun. Negatif düşüncelerinin esiri, geçmişteki acıların dostu oldun. Geldiklerinde hayatı güzel zannettin, belki gittiklerinde daha da güzel olacak, fark ettin mi?

Hayatı anlamlandırırken yaptığımız en büyük hata, bize verdiklerine göre değerlendirmek. Bu bir ev, araba, iş, kariyer, para, sevgili, eş, çocuk, elbise vb. olabilir. Bunun dışında, asıl verdiklerine odaklanabilirsek başka güzellikler çıkarabiliriz.

Sabah uyandığımızda başlıyor hayat. Uyanıp esnememiz için güneş, gökyüzü hazırlık yapıyor. Bizi karşılayıp güne hazırlıyor. İki günaydın diyeceğimiz insanlar oluyor etrafımızda, kahvaltıda sohbet edecek birileri hazırlanıyor masamıza.

Genelde bize verdiklerini önemsemeden geçerek, eksiklik duygumuz artıyor. Aslında çok da eksik değiliz. Bize düşen insan olmanın görevlerini yerine getirmek. Belki de herkes ve her şey görevli bizim mutluluğumuz, mutsuzluğumuz, huzurumuz için. Kaçırdığımız şeyler, görevi anlamadığımız anlar.

Bir sabah uyanırsın ve dolabının kalabalığından sıkılırsın. Azaltmak istersin elbiselerini, atmaya kıyamaz, birilerine vermek istersin. Gerçekten niyetli misin? İşte, o zaman görevin başlar. O anlarda belki uzun zamandır, belki de yakın geçmişte birileri zordadır. Belki üşümüş, paltosu yok, belki bir düğünde giyecek ayakkabısı yoktur.

Onlar yollar ararlar, çare düşünürler bu ihtiyaçlara. Dua ederler, daha çok çalışırlar belki de. İhtiyaçları arttıkça, senin için bir yerlerde hazırlanmaya başlarlar. Arabanın bagajına atarsın torbaları vermek için.

Onlar da yola düşerler bulmak için. Herkes görev dağılımına başlar. Ya ışıklarda, ya bir duvar kenarı ya da bir otobüs durağında karşılaşılır. Verilecek olanlar verilir, alınacak olanlar alınır. Önemli olan niyetindeki samimiyettir. Gerçekten bir şeyler yapmak istiyorsan, gerçekten gönüllü olman gerekir. Senin samimiyetin arttıkça, Yaratıcı, eylemlerini dua olarak kabul eder.

Geriye kalan ise senin fazlalık olarak gördüklerini başkasının duasına yanıt olarak vermesidir. Samimi istekleri buluşturur er ya da geç.

Duralım ve Düşünelim!

✓ Kimsenin izi kalsın istemezsin bazen! Çünkü anıları taşıyacak bile gücün olmaz. Giden, onları da götürsün dersin.

✓ Allah'a güzel insanlarla olmak istiyorum diye dua et. Duanın kabul olduğunu; yanlış insanları elemeye başladığında anlayacaksın.

✓ İçimizde birden fazla çocuk var. Kimi yaralı, kimi öfkeli, kimi mutlu. Doğru çocuğu yaşatmayı bileceksin. Çünkü diğerleri büyümeli.

✓ Bazen sen vazgeçersin, başkası kazanır. Sen dinlenirken, o kazandım diyen uçurumdan düşer. Sonra sen ders çıkarırsın sıra sana gelene dek.

✓ Bakalım kimlere umut olacak sözlerin. Kimlere hayat verecek yaptıkların? Geçmişte pişmanlıkların varsa, geleceğe göz kırp. Çünkü en büyük başarılar, en derin acıların üzerine inşa edilir. Sabret...

- ✓ Bazı korkular iyi gelir insana. Kendine getirir. Durdurur. Narsislikten sıyrılmayı sağlar.

- ✓ Her şey geçecek, yenileri gelene kadar. Acı da, mutluluk da komşu gibidir, geçerken uğrarlar.

- ✓ Hiçbir şeye alışmayın, çünkü tadı değişiyor!

- ✓ Belki de aradıkların, elinde olanlardır.

Kalp Kanser Olmaz

İnsan vücudunun sırları çözüldükçe, yaşamın anlamı ve mucizeler insanlara ciddi bir aydınlanma sağlıyor. Aslında var olan tüm hastalıklar, bilmediğimiz başka gerçekleri ortaya çıkartıyor. Eğer ki bazı hastalıklar olmasaydı, çaresini arayan tıp dünyası yeni bilgileri keşfedemeyecekti. Birinin başına gelen hastalık, bir başkasının yaşam şifresini çözebiliyor.

Kanseri araştırırken, bazı gıdaların mucizesi, beyni araştırırken bazı duyguların şifasına ulaşılıyor. Her sorun başka bir fırsatı doğuruyor hayatımızda. İnsan vücudunda kanser olmayan tek organın kalp olduğunu biliyor muydunuz? Vücudumuzun her yeri kanser hastalığına yakalanabilir ama KALP, asla.

Burada gizlenen bir mesaj var aslında. Tüm vücudumuzun iyileşmesi kalbimize bağlı. Dilin, kulağın, ağzın, midenin kanseri olabiliyorken, birçok organdaki hastalık, kalbimizle şifa bulabilir. Genelde insanlar kalplerine yatırım yapmak yerine saç, baş, ayak, el, kol, göz vs. vücudunun diğer bölümlerine aşırı ilgi gösteriyorlar.

Tüm bunların gizli bir yolla kalbe bağlı olduğunu unutmamak gerekir. Bizim et parçası sandığımız organın şifa dağıtan bir hazine olduğunu hatırlayalım.

Hayatınızdaki değişim ve dönüşümler başladıkça üretme daha çok artacak. Çünkü hayatınızdaki bu değişim ve dönüşüm devam ederken, birilerine dokunmanın hazzını da yaşayın ki daha motive olabilesiniz. Sahneye çıkmak sizi motive edecektir. Deneyimler arttıkça, korku yerini heyecana bırakacak. Dolayısıyla proje üretebilmek önemli. Üretkenlik önemli. İyi proje, iyi öngörü sahibi olan insandan çıkar her zaman. Öngörü, gelecekle ilgili tahminde bulunabilmek demektir. Hangi alanda derseniz, bazıları siyasette iyi öngörü geliştirebilir, kimi ekonomide, kimi psikolojide, kimi ilişkilerde. Öngörünün üniversitesi yoktur. Bunun için iyi okuyup, iyi izleyebilmek gerekir. İz ve işaretleri görebilmek önemlidir. Dün neydi bugün ne oluyor hayatta diye görebilmek gerekir. İnsanlar ve toplumlar az ya da çok yarın ne yapacakları ile ilgili tüyo verirler her zaman. Bunu iyi okuyabilmeniz şart. Proje hazırlarken gündemi iyi değerlendirebilmeniz gerekiyor. Öncelikle hedef kitlenin sınırlandırılması gerekiyor. Bunu geniş tutarsanız, kaygı artar.

- Farkında olmak, mutluluk getiren bir şeydir. Bilmek de mutluluk getiren bir şeydir.
- Hedef kitle belirlendikten sonra, onlara nasıl ulaşabileceğimizin yollarını aramamız gerekir. Örneğin e-postayla, telefonla, yüz yüze, tanıdık vasıtasıyla... Kendinizi tanıtmanız gerekir.
- Sonra konular ortaya çıkmalı. Kendi içinizde görev dağılımı önemli.
- Amacınızın ne olduğunu belirtin.
- İnsanlara vaat ettiğiniz şeylerin altını doldurun.
- İnsanlar onlara vaat ettiğiniz şeyin, onların hayatını değişti-

rebileceğini hissetmeli. İşte o zaman peşinizden gelirler. İhtiyacın iyi bilinmesi önemlidir.

Acıları eyleme geçirmek, tüketmek zorundasınız. Acıları erteledikçe, dağ gibi büyür. Acı da haz da faizle işler. Ne kadar ertelersen, o kadar artar. Hazları da ertelediğinizde ileride eğlenceli bir ortama girdiğinizde daha da haz almaya başlıyorsunuz. Acı da aynı şekildedir.

Siz zannedersiniz ki kaçtım, kurtuldum, söylemedim kurtuldum. Tam tersi, çünkü onun faizi vardır. O sebeple her gün eğlenmeye gidenle ayda bir giden arasındaki fark çok büyüktür aslında. O sebeple sizi sıkan neyse hemen yapın, ama ne zevk veriyorsa onu erteleyin. Çünkü ertelemedikçe, hemen tüketmek istiyoruz haz veren şeyleri.

Duralım ve Düşünelim!

- ✓ Kimi için sahip olamamak, sahip olmaktan daha tahrik edici olsa gerek!
- ✓ Bir insana kızabilir, kavga edebilirsiniz, geçer, çünkü bir ilişki vardır ortada. Ama onu yok sayarsanız, çıldırtırsınız.
- ✓ İnsanlar bizi değil, gösterdiğimiz yanlarımızı severler. Bu yüzden kendimizi tam olarak kabul edilmiş hissedemeyiz.
- ✓ Kavuşmak, mutlu son mudur?
- ✓ Neden uzun yaşamak istiyorsun? Bırakamadığın ne? Ya da ulaşmak istediğin ne?
- ✓ İnsandan ve eşyadan azaldıkça, sevgiden ve huzurdan çoğalırsın.

✓ Güzel düşünen, güzel konuşan insanlarla arkadaşlık etmek gerekir. Nerede öyle insanlar diyenlere: o insanlar kalabalıkta ve her yerde olmazlar.

✓ Kim nasıl bakıyorsa öyle görünen tek şey: hayat.

Hayatın Şifreleri

Bazen çok şey isteriz ama bir türlü olmaz. Ya da her şey çok iyiyken birden kötüleşmeye başlar. Anlayamazsın bir türlü, ne oluyor dersin. Evet, işte istediklerim oldu hayatta, neden mutlu olamıyorum diye sorarsın.

Hayatta bir şifre vardır. Bu şifre tabii ki %100 çözebileceğiniz bir şey değil ama ben bu konuyu anlattıktan sonra eminim ki neden-sonuç ilişkisi kurmaya başlayacaksınız kendi hayatınızda. Bizim en iyi yaptığımız şey, başkalarının hayatının şifrelerini çözebilmek, başkalarını analiz etmek, dışımızdaki insanlara yorumlarda bulunmak. Ama iş kendine gelince başkasına yaptığın analizi kendine çok yapamıyorsun. Çünkü insanlar kendine daha duygusal ve daha dönük. Depresyona meyilli insanlar vardır örneğin, bu insanlar ya kendine dönük yaşarlar ya hayata. Biz beynimizde üç şey kurgularız: Ben-Dünya ve Gelecek. Bu, tüm dünyadaki insanların bilinç kodlarından biri. Biz her şeye hayatta üç şekilde bakıyoruz: Ben-Dünya ve Gelecek.

Eğer ki olumsuz düşünceye sahip bir kişiyseniz; yani çabuk kırılan, hemen kötü hisseden, hemen mutsuzlaşan bir tipseniz...

Örneğin karşınızdaki insan sizi kırdı ya da sınavdan kötü not aldınız, geç kaldınız, iflas ettiniz, her şey olabilir. Olumsuz düşünceye sahip olan kişi önce şunu sorgular, ben kötüyüm, benim yüzümden, ben kendimi anlatamadım ki vb. Önce bunu yapar. Kendiyle ilgili bu şekilde olumsuz bir genellemeye gider. Sonra dünyayla ilgili olumsuz bir düşünce üretir. En sonunda da gelecekle ilgili bir türlü mutlu olamayacağım diye düşünür. Bu çocuktan adam olmayacak, o beni hiç sevmeyecek... Geleceğe atfeder, geneller ve çok hızlı düşünür. O sebeple bugün çalışma yaparken yavaş yavaş düşüneceğiz.

Şimdi bir de bunun tam tersini düşünün, mutlu bir olayda ne yapar beyin? Örneğin bir başarı elde etiğinde otomatik olarak, *bunu başardın, dünya ne güzel, gelecekte şunu da başarabilirsin*, diye hızlı bir şekilde böyle düşünür. Depresyon, mutsuzluk yatkınlığı olan insanlar "Ben-Dünya ve Gelecek"i olumsuz düşünürken, üç düşünce hatası yaparlar.

Bunlardan ilki kişiselleştirmedir. Böyle insanlar kendine dönük, depresyona meyilli insanlardır. Örneğin bir masada otururken yüzü düşer, *acaba benim yüzümden mi böyle oldu?* diye düşünür. Örneğin çocuk zayıf alır, anne kendisini suçlar. Ya da işyerinde bir eleştiri aldı, "Offf ya, benim yüzümden oldu," diye hemen kişiselleştirme yapar. Hemen ardından da yaptığı ikinci şey felaketleştirmedir: "Allah kahretmesin, bittim ben, mahvoldu her şey." Bu insanlarla birlikteyseniz, konuşmalarınıza dikkat etmeniz gerekir. Sürekli her şeyin kötü olacağından bahsederler. Hatta bazıları o günün yağmurlu olmasından bile dert yanar, bugün geçmez diye düşünür.

Üçüncü aşamada da genelleme yapar. Burada da ben şanssız bir insanım diye düşünür. Ve bütün bu düşünceler çok anlıktır, bunlar uzun uzun düşünülen şeyler değildir. O an kişi stres yaşar ve bu insanlar depresyondan kurtulamazlar. Neden kurtulamazlar?

Çünkü zihnimizde düşünsel bir yapı vardır. Bedensel ve bir de duygusal yapı var. Düşünce, duygu yaratır ve bu duygunun bedende bir yansıması vardır.

Psikoterapide, bedensel tedavi için ilaç verirler. Düşünsel için terapiye alırlar sizi, konuşarak çözme, bilişsel terapi. Gerekliyse ilaç verilir, motivasyon için de davranış terapisi verilir. Örneğin bu hafta çok yaptığınız bir şeyi yapmayın; o oyunu oynamayın, çay içmeyin, kahve içmeyin... Bu da davranış terapisidir. Örneğin öğretmenlerin öğrencilere ödev vermesinin nedeni, okulla ilgili motivasyonlarını yüksek tutmak istemeleridir. Çünkü o ödevi vermezse, çocuk da evde o ödevi yapmazsa, tekrarlamazsa, motivasyonu düşer. Gerekliyse bedensel tedavi için ilaç verilir. Motivasyonla alakalı spor yaptırırsın ya da nefes egzersizleri olabilir. Ama bazı vakalar olur ki ne kitap okutabilirsin ne de başka bir şey. Bu gibi durumla kişinin bir psikiyatr ile ilerlemesi gerekir. Her durumda doktora gitmeye de gerek yok. Böyle durumlarda düşünsel olarak kendinize şunu sorun: Bu durum neyse, yani bana rahatsızlık veren bu durumla ilgili ne düşünüyorum? Bu yaşadığım olayla ilgili ne düşünüyorum? Önce düşüncenizi çıkartın ortaya. Örneğin hayat çok kötü, başıma şu gelecek... Bir sayfa ya da bir cümle. Sonra şunu sorgulayın: Bunun bedenimdeki yansıması ne? Örneğin sivilce çıkması, mide ağrısı, uyuyamama, uyanamama, halsizlik... Duygusal anlamda neler oluyor? Örneğin hassasım, içime kapandım, ağlıyorum, öfke... Motivasyonel anlamda: İşe gitmek, evden çıkmak istemiyorum, yemek yemek istemiyorum...

O sebeple kendinize sadece düşünceyle bakmayın. Bir insanın iyileşmesi, dördünün de iyileşmesidir. Düşüncede başlar ama düşüncede kalmamalı. O nedenle her durumda ilaca gerek yok. Sağlıklı düşünmeyi öğrenirsek ve sonunda pozitif düşünmeyi öğrenmeye başlarsak, hepsine yansımaya başlayacak.

Lütfen, etrafınızdaki insanları da böyle analiz edin. Bir insanı depresyonda, mutsuz, içine kapanmış, evden çıkmayan durumda gördüğünüzde, sadece düşünceyle düzeltemezsiniz. Yardımcı olamazsınız. Dördüyle ilgili de sağlıklı hale gelebilmeli. O nedenle kendinizi iyileştirirken, örneğin spor yaparken işe de devam edeceksiniz, düşünceleri değiştirirken duygusal temaslardan uzak kalmayacaksınız. Yani kendinizi kapatmayacaksınız. Kapattığınız an, depresyon başlar.

Bu üç düşünce hatasını kullanmaya başladığınız andan itibaren size bir şeyler olmaya başlar. Aldatma, iflas, boşanmalar ve kayıplarda buna çok rastlanır.

Önce sadece olumsuz düşünceyi analiz etmemiz gerekiyor. Yapmamız gereken bu.

Başınıza gelen olaylar nötrdür, onları negatif ve pozitif yapan bizim tepkilerimizdir. Demek ki insanı olaylar depresyona sokmaz. İnsanı olaylar mutsuz etmez. Olaylara verdiğiniz tepkiler sizi mutsuzlaştırır. Örneğin yakınınızı kaybettiniz, aldatıldınız, elektrikler kesildi... Her ne olursa olsun.

Bir ailede bütün evlatlar aynı olayı yaşar ama her evladın psikolojik yaklaşımı aynı olmaz. Çünkü herkesin yaşadığına verdiği reaksiyon farklıdır. İçip annesini döven bir babayla büyümüş iki kardeşten biri aynı babası gibi olurken, diğer kardeş babasının tam zıttı olur. Bir olay gelir başınıza ama o olaylara verdiğiniz reaksiyonlardır sizin kişiliğinizi belirleyen. Kimi der ki şöyle acılar çektim, bunlar başıma geldi; kimi de der ki, sadece öyle olmamak için çalıştım hayatta. Burada işte şu çıkıyor ortaya, Freud'un her şey anne babadandır genellemeleri burada kırılıyor. Evet, anne baba çok önemli, nasıl bir çocukluk geçirildiği çok önemli ama kişinin iradesi, olaylara verdiği reaksiyon ve kararları var burada. Çünkü olayların sebeplerini sürekli anne babaya bağlamak kişiyi tembelleştirir.

Ben demiyorum ki birinin ölümüne bile mutlu olun. Kişi üzülür ama bu üzüntü üç aydan fazla devam ediyorsa, bu artık kişinin kendine bağlı bir üzüntüdür. 3 yıl ayrılık acısı mı çekilir? O yüzden 3 yıldır evlenecek insan bulamayanlar var.

Kimse kimsenin başına gelecek bir olayı değiştiremez. Buna kimsenin gücü yok. Ama bir şey var ortada, bir gerçek var ki o da şudur: Başımıza gelecek şeyleri değiştiremeyiz; ama verdiğimiz reaksiyonlar üzerinde çalışabiliriz. Senin daha güçlü olman adına, senin olaylara daha başka bakman adına çalışabiliriz. Hiçbir uzman, danışanının başına gelecekleri değiştirecek diye bir şey yok. O nedenle insanlar daha çok falcıya giderler. Bazen keyif için de fal baktırırız. Keyif, yaramazlık tadında olur; ama her hafta olursa bağımlılık olur. Fal motivasyon aracı değildir. Sanal bir motivasyondur. Falda dışarıdan duyduklarına motive oluyorsun gibi geliyor ama motivasyon dışarıdan değil; içeriden gelen bir şeydir. İlk önce senin motivasyonunu sağlaman lazım. Eğer mutluluğun dışarıdan duyduklarına bağlı hale gelirse, sen artık motive olamazsın.

Her şey düşüncede başlar. Sonra duyguya, duygu motivasyonuna yansıyor, sonra bu da bedene yansıyor. Uyku bozuklukları, yeme bozuklukları, iştahsızlık, ateşlenme...

Sizi sıkan her şeyde bunları yazın. Neleri kişiselleştiriyorum, neleri genelliyorum, neleri felaketleştiriyorum. Durumu pozitife çevirmek senin elinde.

Başınıza çok kötü bir şey gelebilir, ben buradan mutluluk çıkartın demiyorum, doğru algılayın diyorum.

Üzülmen gerekiyorsa üzül, ağlaman gerekiyorsa ağla ama kronikleştirme.

Aynı reaksiyonların devam ediyorsa, doktora gideceksin. Artık senin bedensel anlamda tedaviye ihtiyacın vardır, ilaç alman gerekir.

Beyin 3 ayla 6 ay arası kendini yeniler. Önceden psikologlar, psikiyatrlar yoktu. Osmanlı'daki kardeş katline bakın, eski toplumlarda savaş dönemlerindeki kayıplara bakın, insanlar ne acılar yaşıyorlardı. O sebeple doğru düşünebilmek çok önemli. Konuş kendinle. Fark ettin ki felaketleştiriyorsun, örneğin hep böyle olacak, hemen cevap ver kendine bunu nereden biliyorsun? Kimse sevmeyecek beni. Bunu sana kim söyledi?

Genelleme, düşünmeyi bıraktırır. Tembelleştirir, bu sebeple seviyoruz. Genelleme düşünmeyi bıraktırır, düşünmeyi bırakınca da fikir üretmezsin.

Şimdiki toplumumuz ötekileştirmenin olduğu bir durumda. Ya siyahsın ya beyaz. Ya sağdasın ya solda. Ya iyisin ya kötü. Artık orta ve denge yok. Namaz kılıyor diye yobaz; mini etek giyiyor diye ahlaksız olabilir mi bir kişi?

Bir taraftan bakarsan, o tarafın kölesi olmaya başlarsın. Her açıdan, her gözden bakmamız gerekiyor. Elbette ki sempati duyacağın bir taraf olabilir ama sen önce, sen ol.

Hayat sana şuradan bak demiyor, her yerden bak diyor.

En kötü insanın gözüyle de, en mutsuz insanın gözüyle de, iyi insanın gözüyle de, zalim olanın gözüyle de bakabileceksin. Yoksa fişlenmeye ve dışlanmaya başlıyorsun.

Hiçbir düşünceyi %100 kabul etmeyin. %100 kabul etmek demek, tembelleşmek demek.

Sen olmaktan vazgeçmemen gerek. Bakın, herkes birbirine benzemeye başladı. Aynı saç, aynı kıyafet, aynı makyaj... Bu tehlikeli bir şeydir. Çünkü bu bir süre sonra aynı söylem, aynı tarz, aynı düşünceyi getirir. Ortaya uniseks bir şeyler çıkmaya başladı. Kadın da erkek de aynılaşmaya başladı. Çeşitlilik arttıkça, verimlilik artar. Farklılık zenginliktir. Ne zaman reddedebilirsin? Senin sınırlarını taciz etmeye başladığında. Senden farklı olanla yan yana yaşayabildiğin gün, sen insansın demektir. Ne zaman ki seni taciz ediyor; o zaman burada dur demelisin. Sınırlarını iyi belirle.

Bugünün en kötü insanı, yarının en iyi insanı olabilir. Bugün çok iyi düşünebilirsin ama yarın kötüleşebilirsin. Psikoloji böyle bir şeydir.

Bu noktada yapacağınız tek şey, düşünce sisteminizle çalışmak, düşünce hatalarından uzaklaşarak.

Dönüşüm, hedefe uygun hale gelmektir. Zamanla istediğin adama, kadına dönüşmek ya da kariyere ulaşmak, her şey olabilir, bunlar sonuçtur. Dönüşüm, sonuçtur. Hedefe ulaşmaktır, o olmaktır. Değişim ise aradaki inişler, çıkışlar ve süreçlerdir. Bir şeye dönüşmek için değişmek gerekir.

İnsanlar burada bir yanlışlık kurguluyor. Ben iyi biriyim, ben kimseye zarar vermiyorum diye. Problem de bu zaten. Zarar ver ama bir şeyler yap.

Şöyle bir insan profilinden çok rahatsız olurum. Yatıyor, kalkıyor, işe gidiyor, yemeğini yiyor, TV seyrediyor, uyuyor. Kalkıp diyorsun ki ben kimseye zarar vermiyorum, ben iyi biriyim. Bu iyi mi? Bu insanlar topluma faydalı olamaz. Kendine faydası olmayanın topluma da faydası olamaz.

İyi insan olmak ne demek? İyi insan olmak demek, hayata dokunan insan olmak demektir.

Öyle şeyler yapabilirsin ki paranın olmasına bile gerek yok. İki kişiye güzel bir konuşma yapmak bile, iki kişiyi bir araya getirmek, gönlünü almak bile iyiliktir.

Özellikle bizim toplumumuzda iyi insan olmayı paraya bağladıkları için, param olsa ben de yaparım derler.

İnsanın yapısının değişmesi kolay değildir. Bu nedenle ciddi bir yolculuktan geçmek gerekir. Değişim hep sancılıdır.

Ülke olarak da ekonomik, siyasal, psikolojik, her anlamda bir değişim dönemine girdik. Bu değişimin acılarını yaşadığımızın farkında mısınız? İnsanlar, mahalleler, sokaklar, evler değişiyor. Her anlamda değişiyoruz. Ama hızlı değişiyoruz, tehlike de orada. Psikoloji, yavaş değişimlerden yanadır.

Demek ki bu hızlı değişim gönlümüze, beynimize, her şeyimize yansıyor. Herkes birbirine girdi. Dün dost olan, bugün düşman oldu. Her şey çok hızlı. Dün karı koca olan, bugün düşman oldu. Ama bunun bir sonucu olacak. Neye dönüşeceğiz bilmiyorum ama iyi bir şeye dönüşeceğimize inanıyorum. Değişim dönemlerinde, kişinin ya da toplumun hayatından çıkanlar ve girenler olacak. Bu değişimlerde vazgeçişler olacak. Bu değişimlerde insanların gerçek yüzleri çıkacak ortaya. Sizin iyi dediğinizin kötü olduğunu görürsünüz. Kötü dediğinizin de iyi olduğunu görürsünüz.

İnsanlar değişim dönemlerinde çabuk inanıp, çabuk vazgeçerler. Sizin hayatınızdan çıkarmak istediğiniz insanlar, olaylarla çıkarlar hayatınızdan. Hayatınızdaki değişimleri iyi okumanız gerekir. Düşüncelerinizin, tavırlarınızın değişmeye başladığını hissedersiniz.

Musibet diye bir şey vardır. Bir de bela vardır. Değişim dönemlerinde insanların başına ders alabilmeleri için musibetler gelir ama ders almıyorsanız, bela gelir.

Bela, siyahta olana gelir. Yani aslında insanlarla ve hayatla ilgili tüm iz ve işaretler bize gelir. Ama biz onları okuyup göremiyoruz. Okutmayan, gördürmeyen ne? Çıkar, istek ve haz duygumuz.

Siyahtan beyaz çıkmaz. Eğer çıkacaksa da belayı yaşaması lazım. Onun beyaza dönüşebilmesi o kadar zaman alır ki. Ama musibetler hep olacak.

Musibet doğruları almak için gönderilen küçük kazalardır. Bela ise sürekli yanlışta olan insanların başına gelir, büyük sıkıntılardır, çoğunlukla ölümle sonuçlanır.

İyiyi de kötüyü de hak ediyoruz. Benim için bir şeyler öncesinde kötüyken iyiye dönüşebilir.

Dönüşüm her iki tarafta da sancılıdır. Yani iyiye de kötüye de olan dönüşüm sancılıdır.

Mesela bir şeye karar verdiniz, temiz bir sayfa açmak istiyorsunuz. Örneğin, ilişkiniz ve biliş değişecek ya da her anlamda değişeceksiniz. Bu dönüşüme giderkenki aralar, değişimler sancılı olacak. Tamam, artık bu ortama girmeyeceğim diyorsun, çekiyor seni. Gitmemen lazım ama çok zorlanıyorsun, sonra dayanamıyorsun 1 saatliğine gideyim diyorsun, mesela bir musibet oluyor, tartışma çıkıyor orada. Eğer sen karşılık verirsen, orada kalma süren uzuyor ve sonu belaya gidebiliyor. Ya da beyazın sana söylediği, yapman gereken, sana sıkıcı gelen doğru şeylerden çalıp oraya gidiyorsun ama tekrar beyaza dönmek istediğinde, başladığın noktanın daha gerisinden başlıyorsun hayata.

Bazen de varış noktasından, hedeften hemen bir önceki adımda dayanamayıp geri dönebiliyorsun mesela, son bir kadeh içeyim ya da son kez bir aldatma daha. Ama hayat seni geriden başlatıyor.

Hayat, sana bunu öğretmek istiyor.

Siyaha hayır demeye mi karar verdiniz, aldatan bir adamı düşünelim mesela, hayır dedikçe karşısına düne kadar elde edemeyeceği kadınları çıkarmaya başlıyor karşısına. Samimiyet sınavı başlıyor. Bu, gerçekten çok zor.

Yapamıyorum, başaramıyorum dediğimiz her şeyde samimiyet sınavından geçmemiz gerekiyor.

Sağlıklı bir dönüşüm için samimiyet sınavını iyi verebilmemiz lazım. Hayatın şifresi de bu.

Biz zaten iyi ki sınanıyoruz, yoksa güçlü olamazsın.

Anadolu'da zor şartlarda okula giden çocukları düşünelim mesela, ayakları dizlerine kadar çamurda yürüyerek okula gitmeye çalışıyorlar. Sınava bakar mısın? Biz burada yağmur yağıyor, başım ağrıyor diye gitmiyoruz okula. Senin sınavınla onunki bir olamaz. O nedenle onun mutluluğuyla seninki hayatta bir olamaz. Ferrari'ye de binsen mutlu olamazsın.

Sen bilekliğinin taşı düştü diye depresyona girerken; o, kıyamet de kopsa yıkılmaz. Çünkü o bedelini ağır ödedi. Ama sen öyle değilsin. Hayatta bedel ödemiş, acı çekmiş insanla az acı çekmiş, bedel ödememiş insanın ruh hali aynı olamaz.

Hayat içeride, içinde, dışarıda seyrettiğin değil.

Sen Gucci'nle ağlarken, o mutlu olacak. Elbette ki maddi durumu iyi olan kendi kültüründe, kendi çevresinde bedel ödemiş, mücadele etmiş, mutluluğu yakalamış insanlar da var. İlla acı çeken, mutlu olur demiyorum. O çamurda okula gitmekten vazgeçip, hırsızlık yapan da var. Önemli olan mücadeledir. Sen sadece kendi yoluna bak.

Doğru kıyaslama, tatmin duygusunu arttırır; ama yanlış kıyaslama hırsı arttırır. İnsanın kötüye gitmesine neden olan hırs ve egodur.

Komşunun armudu dersen bittin. Kendi armuduna bakacaksın.

Burada da insanın nefsini, iradesini ve kendisini iyi yönetebilmesi lazım. Yoksa hep başkasınınki cazip gelir.

İlla ki imreneceğiz ama abartma, onun içinde kalma.

Peki, soru soruyorum size: Yağmur yağıyor diye yatıp uyuyan mı görür havanın açıp güneşin çıktığını, yoksa çamurda yürümeye çalışan mı?

Çamurda yürüyen. Neden? Çünkü YOLDA.

Hayat, öyle ya da böyle gerçekten güzel. Peki, sen neredesin, ne yapıyorsun? Sen hangi duygudasın? Hayata nereden bakıyorsun?

Yağmur ona da yağdı, sana da; çiçek ona da açtı, sana da. O da doğdu, annesi öldü, babası öldü, senin de her şey aynı. Sen pazardan aldığın montla ısındın; o, Gucci montla. Ama ısındın. O, evindeki yemekle doydu; sen Nişantaşı'nda 200 TL'lik yemekle doydun. Ama ikiniz de doydunuz.

O çocuğunu özledi, gitti, sarıldı; sen de sarıldın. O da sen de gazeteni okudun.

Hayat, kişilere göre vermiyor. Akıyor, hayat aynı hayat. Hayat güzel.

Cinsiyetimi, ailemi belirleyemiyorum, elimde değil. Onun dışındakilere nasıl bakacağımı belirleyebiliyorum ama.

Biz, kimin çocuğu olduğumuzun peşine düştük ya. Niye ben böyle bir ailede dünyaya geldim? Neden ekonomik durumu ya da kafa yapısı böyle bir ailede dünyaya geldim diye bunun kafasına düştüğün an, hayat kötüdür senin için. O yağan yağmurun altında kafana taş düşüyor gibi hissedersin. O güneş kavurur seni.

Değiştiremeyeceğin şeylerin peşine düşme, isyanına girme.

Nereden nereye dönüşen insanlar var. İlla dönüştüğü yeri zenginlik olarak algılamayın. Her zenginliği, başarı olarak da algılamayın.

Zenginlik kasadaki parayla olmuyor. Ne varlıktan ne yokluğa; ne yokluktan ne varlığa dönüşen insanlar bilirim.

Ne zorluklarla sevip bedel ödeyenler var örneğin.

Varlıkta çok siyahtaysan, elinden almasının sebebi beyazı görebilmen içindir. Hayat senin beyaza gelmeni istiyor.

Asıl insanlık, beyazdayken sahibi olduğu kariyer, para pulla beyazda kalabilendedir.

Aslında bizim buradaki sınavımız, Anadolu'nun bir köyünde yaşayana göre daha zor.

Mücadele ve hayatı nasıl karşıladığımız önemli. %100 olmaya da çalışmayın. Hiçbirimiz dört dörtlük değiliz, olamayız. Bizim tek amacımız çaba göstermek, dört dörtlük olmaya çalışmak.

Siz değişime başladığınızda, insanlar çok rahatsız olacaklar. Bu insanlar annemiz, babamız, evladımız da olabilir. Çünkü insanların sizinle olan bir alışkanlıkları var; o sebeple rahatsız olurlar. Bazılarına değişim zor geldiği için bırakırlar, vazgeçerler. Ama sen değiş, çünkü güzel bir yere gidiyorsun.

Yani çok sık tekrarladığınız her şey duaya dönüşür. Niyet burada çok önemli. İlahi güçle olan iletişim budur.

Kalp çok enteresan, vücutta tek kanser olmayan organ kalp. Dolayısıyla burada bir işaret var. Vücudumuzun diğer bölgelerini, organlarımızı iyi tutuyoruz ki hasta olmasın diye. Peki, kalbi nasıl iyi tutuyoruz? Eğer kalp iyi olursa, dil de, beyin de iyi olmaya başlıyor.

O sebeple biraz sessizleşmekte fayda var. Her şeyi duymayın. Çünkü her şey önce bir kalbe iniyor, burada bir yoğruluyor. O nedenle hayat da beyazda durdukça, kalp iyileşmeye başlıyor. Kalp iyileştikçe de her şey iyileşmeye başlıyor. Çoğu kanser hastası maneviyatla, pozitif düşünceyle kanseri yeniyor mesela. Çünkü bir hasta kanserse, doktor mesela psikolog ya da bir psikiyatr ile çalışır. Buradaki duygusal süreç, maneviyat önemlidir.

Bu kalp temizliğini, biz de kendi hayatımızda yapalım.

Duralım ve Düşünelim!

✓ Sessiz çığlıklarını duyuyorum mimiklerinde. Ben sadece mimiklerini seviyorum, çünkü onlar gerçek.

✓ Kimse yalnız kalmaz. Siz doğru yaşama geçince, yanlış insanlar; siz yanlış yaşama geçince, doğru insanlar gider hayatınızdan.

✓ Ne imkânsızlıklar imkân bulur. Olacaksa akla gelmez yerlerde can bulur insan. Sen iste, çalış, hiçbir şeyin acelesi yok. Adım adım ama sürekli, ay ile güneş arasındaki devir teslim töreni gibi.

✓ Yaşadıkların sana kalsın. Yaşatacakların için çaba göster. Sevecek, sevdirecek nedenler bul. Seni bekliyor İnsanlar.

- ✓ Her şey devam ediyor. İyiler için de kötüler için de. Sen tarafını bil yeter.

- ✓ Sanılanın zan olduğu, çıkarlar bitene kadar fark edilmezmiş.

- ✓ Bazı şeyler zamanla düzelmez. Geç kalma.

- ✓ Yükünü bırak, çoğu senin değil, iyi niyetinden ya da kaybetme korkundan. Sen birine iyilik yaptığında, gelecekte sana da yardım etmek için birileri hazırlanır. Hadi, bugün iyilik yapma zamanı.

- ✓ Şu andan itibaren seni kendimden, kendimi de senden özgür bırakıyorum. Affetmek yapılanı kabullenmek değil, bıraktığı acıdan kurtulmaktır.

Hangi İnsansın?

Psikolojiyi, kişisel gelişimi vs. bırakalım bir kenara. En azından bir süreliğine. Bu konuya girebilmem için sizden rica ediyorum. Bildiğiniz, bildiğinizi sandığınız şeyleri kapı dışında bırakıp okuyalım bu bölümü. Tamamen kalbinizi açın, orasıyla konuşmak istiyorum şu an. Kimliğimi, kimliğinizi bırakın, et parçası sandığımız, maneviyatın cenneti olan, her şeyin toplandığı, tüm vücudumuza yayıldığı, dünyaya resmedildiği yer olan kalbimizle konuşalım iki satır.

Unutun anne, baba, abla, ağabey, doktor, hasta, öğrenci, yolcu, hancı, dost, kanka, evlat olduğunuzu. Sanki iki kalp karşılıklı oturmuş, sohbet ediyor gibi. Yok bir mekânı, havada, gökyüzünde, hatta bulutların en üstünde, uçakla geçerken bile görünmeyen yerde gibi. Yumuşacık yastıklar üstünde dertleşiyorlarmış gibi. Bir yerde benim kalbim, bir yerde seninki oturmuş, birazdan sohbet edecekler. Bir yerde de Yaratıcı'nın kalbi, O da şahit. O, bizden de yukarıda, sadece hissediyoruz.

Şimdi konuşur kalplerden biri. Kiminki diye sorma, ikisi de aynı şeyi bilir, konuşur. İkisi de aynı, senin de benim de. Gerçek kalp akıl vermez çünkü. Gerçekte tüm kalpler konuşur. O konuştukça kulak hoş olur, kendinden geçer. Kalbe hizmetçi olur, susmasın ister. Gözler en küçük zerreyi görmeye başlar. En küçükten en büyük güzelliği çıkarır.

Bir ağaca bakar, tohumunu görür. Bir yüze bakar, gönlünü görür. İnsana bakar, Âdem'i, Havva'yı görür.

Çünkü kalp konuşuyordur. Kalbinizden konuşun, konuşmaya devam edin. Dinleyici, dünyanın öbür ucunda da olsa duyar. Kalpten konuşmazsan, yanındakilere kuru bir ses olursun. Kalpten konuşursan, dünya titrer. Çünkü sen Yaradan'ın kalbisin. Bak, kalbin sana insanları anlatıyor, dinle.

İnsanlar dört kısımdır. Birincisi, kalpsiz ve dilsiz. Ne duyguları vardır ne de hoşgörülüdür. Sakın bu tip insanlarla yakınlık kurma. Ne ortamlarında ol ne de hayallerine ortak ol. Çok bilgili ve güçlüysen, kirlenmeden durabilirsin. O kadar gücün yoksa uzak dur. Kendine güvenin tam ise, onlara farkındalık yaratabilirsin. Böyle insanlar gerçek iyiliği, enayilik; güzel, tatlı konuşmayı zayıflık gibi görürler. En büyük zevki yemekten, eğlenmekten alırlar. Beyinleri obezdir. Kendi zevkleri için sizi kırarlar, dökerler. Tüm gerçekleri, eşek şakaları ile küçümserler. Etrafları kalabalıktır ama toplasan bir kişi etmezler.

İkincisi, dili olan ama kalbi olmayanlar. Etrafındaki herkesle güzel güzel konuşur. İyilik dağıtıcısı gibidir. Doğruluktan bahsederler ama kendisi hep kaybolur. Anlattığı, dile döktüğü hiçbir şeyi yaşamaz. Bakınca çok iyi, çok tatlı biridir ama yalnız kalınca kendisi bile kendine dayanamaz.

Bunlardan da kaçın, arkanıza bakmadan kaçın. İş dünyasında, mahallede, her yerde vardırlar. Güzel bir aile gibidirler dışarıdan, içine girdin mi kapatılmış, gizlenen siyahlıklar görürsün. Kaybolursun karanlıklarında.

Sanat camiasındaki bazıları gibidirler. Ekranda iyilik konuşur, Mevlânâ'dan sözler anlatır, içi dışı bir sanırsın. Kamera kapanır. Kimseye selam vermez, egosundan kaybolmuştur. Aşağılar, dışlar, köpek muamelesi yapar. Onun bunun karısını, kocasını ayartır. Hakkını yer, işini engeller. Kamera çalışınca, maskesini değiştirir. Yumuşak sözlerle çirkinliklerini kapatır, çünkü ustadır.

Üçüncüsü, kalbi vardır ama dili yoktur. Kalbi sadece kendisi için atar. Kendiyle ilgilidir. Kendi yanlışlarını düzeltmeye, örtmeye çalışır. Başkasından bana ne der, aman bulaşmayayım der, halbuki bilmez, kalbin kalbe iyi geldiğini. Bilmez yan yana gelince iyileşen kalplerin olduğunu. Etliye, sütlüye karışmaz, sessizdir. Sessizliği sever. İyidir kendine. Hani derler ya, kendine Müslüman diye. İyi de neden bu kalp, bu dil verilmiş? Biriyle hisset, diğeriyle hissettir diye.

Dördüncü ise, hem kalbi hem de dili vardır. Hem bilir, yaşar hem de öğretir, yaşatır. İnsanlıkta en yüksek noktadır. İlahi gücün sürekli iletişimde olduğu insandır. O güzel konuşsun, anlatsın diye beynin içinden, hiç kullanmadığı hazinelerden bilgiler sızdırır. Kişi nereden geldiğini bilmeden, hiç okumamış, duymamış olmasına rağmen biliyordur. Kendine, kendi de şaşırır.

Yaşamın sırlarını hızlıca anlar, anlatır. Her olaya tanık olur, etrafındaki olayları güzel kalbi ile çözer. Kimse kaybetsin istemez. O konuşurken herkes kazandığını hisseder. Kaybeden de kabullenir, kazanan da dikkatli olması gerektiğini öğrenir.

Duyduğu, gördüğü, hissettiği her şeyi kaynağına götüren bir taşıyıcıdır. Başkaları sorunlarını anlatırken, bir bakmışlar, her anlattıkları onları manevi bir yolculuğa çıkarmış. Neden-sonuç ilişkisini müthiş yorumlar. Kişi hafifler, sıkıntılar da, dertler de anlamıyla birlikte güzelleşir. İnsanları değil, olayları konuşur. Her şeyi aradan çıkarır. En üstteki kalp vardı ya, onun yolunu açar. Sizi oraya sürükler.

Sürüklenirken yastığınız, yorganınız, yatağınız olur cümleler. Ses tonu, fonda bir müzik gibidir. Söz, size acı veren olayların sizin için gönderilmiş bir deneyim olduğunu anlar, teslimiyet yaşarsınız. Yolunuz tek bir ülkeye çıkar, Allah'ın kalbine.

Yaratılmış her insan bu boyuta tahammül edebilmek için çaba sarf etmelidir. Her insan farklı zaman ve farklı olaylarda manayı bulur, deneyimler. Kalbi açılınca yola girer ve ülkelerine dönerler. Nerelerden geldilerse oraya varırlar.

Duralım ve Düşünelim!

✓ Krallar arasındaki savaşta bir piyon bile oyunu değiştirebilir.

✓ Duygularımız ifade edildiğinde hayatla ilişkide oluruz. Yoksa yaşadığımız hep çelişki olur.

✓ Unuttuğum bir şey olursa, hatırlat demiştin ya: Sen bir insansın.

✓ Bazen bir şeylerin gelmesi zaman alabilir. Belki de bir boşluk gerekiyordur hayatında. Gereksiz ne varsa hayatında, bugün hepsi hayatından çıksın.

✓ Bir insanı sevmek demek, onunla birlikte hayatına gelecekleri göze almak demektir. Cesaretin yoksa uzak dur, çünkü sevgi, hak edenindir.

- ✓ Hiçlik, her şey olabilme potansiyelini taşıdığı için çok daha değerlidir.

- ✓ Asla dil ile övünme, motivasyonun kaybolur. Çünkü eylem süreci, aynı zamanda başkalarının beklentilerini de karşılamakla ilgilidir.

- ✓ Aslında herkes kazanır, ama farklı zamanlarda.

Dünya Kalpsiz mi Sandın?

Kaç kere doldun taştın hatırla. En önemsiz, en küçük damla değil miydi sonunda her şeyi yerle bir eden. Sonra kaç karar aldın değişmek için. Bazı insanları çıkardın da hayatından rahatlamadın mı?

Her şeyin yeri değişti.

İşte tam bu zamanlarda soruyoruz kendimize: Neden? Ben mi seçiyorum başıma gelenleri? Neler oluyor?

Kalbi sürekli halden hale sokulan insan, her an'ı farklılaşan ve yaşadığı her şeyi sonsuzlaştıran insan, korkudan ışıkları açmayıp yorganı üstüne çekiyor, hayattaki tüm gördüklerine ve görmediklerine.

Dağların, taşların kabul etmediği gücü insan kabul etmiş ve sonrasında seçme şansın kalmamış, artık buradasın, dünyada. Dönme ihtimalin de yoksa, tek bir soru kalıyor kendine: Ne yapacağım?

Ne yapacağımdan önce ne yapıyoruma bakalım önce. Şu

an aldığım nefes az sonra yok olup gidiyor. Her defasında bir eksikliğin var. Sürekli yenilenme çaban devam ediyor. Her nefes alış verişinde farklılaşıyorsun. Devamlısın, süreklisin.

Pişmanlıkla, keşkelerle kalbini yorup, nefesini hızlandırıyorsun. Ya kaçıyorsun ya da acele edip yakalamaya çalışıyorsun. Bir seni Yaradan'a bakıyorsun ne kadar küçüğüm, sonra yarattıklarına bakıyorsun en büyüyüğüm diyorsun. İşte, burada başlıyor karmaşan. Dünyada bencil, egoist, narsisleştikçe suçlu sorumlu, hatalı sen değil, diğerleri oluyor gözünde.

Kalbini yaralıyorsun, onu da kabul etmeyip üstünlük kompleksiyle kapatıyorsun.

Aslında hayat fısıldıyor sana gerçeği, yapman gerekeni. Kendini bil ve uyum sağla diyor. Önce yeri bil sonra uyumla.

Yağmurda ıslandın diye, yağmur kötü diyemezsin. Dünyada her şey anlamlı. Sıkıntılar, problemler, engeller. Sadece insan kendi konforu bozulduğunda savunmaya geçiyor. Savunmada aşırılaştıkça anlamlardan uzaklaşıyor. Kendine düşman biliyor başına gelenleri. Duyduklarını, gördüklerini, dokunduklarını... Gerçekten bu mu anlamları?

Sanki abartmayı da abartmış durumdayız. Bir kalbin var farkında mısın? İçine neler doldurdun. Sadece senin değil, ailenin, mahallenin, çevrenin, vatanının hatta dünyanın bile kalbi var. Hepsinin kalbi doldu taşıyor. Dayanamadığı, acı veren, sakladığı ne varsa geri püskürtürcesine harekete geçmiş durumda. Dünya bile taşıyamaz hale geldiyse eğer, görmek lazım mesajı.

Herkesin gizli kasasını açtı dünya. Saklanmış yalanlar, yenilmiş haklar, yapılmış zulümler, dolandırılmış hayatlar ne varsa kusuyor hepsini. Yıllarca mutlu fotoğraflarda gördüklerimizi cezaevi ya da yurtdışına kaçarken resimliyor. Bazılarını cenazelerde duası okunan, bazılarını bir kurşunla yaralayıp, yeter diyor. Kim sevgisiz, samimiyetsiz evlendiyse boşatıyor, hak yiyenleri yediklerinde boğuyor. Çünkü dünyanın kalbi de dayanmıyor artık bu kadar siyahlığa.

Kimi şansını yitirdi, kimine son şansları verilmiş durumda. Düşüyor teker teker maskeleri ve anlıyoruz ki çizgi filmlerdeki kurgularla yönetildiğimizi. Korkunç canavarı sevimli kılmak için takılan papyonların anlamını görüyoruz artık. Bize saldıran, zulmeden, yalan söyleyen insanların renkli papyonlarından da rahatsız oluyoruz artık. İki varlık çıkıyor karşımıza: canavarlar ve insanlar.

Oysa insan olarak yaratılmadı mı hepsi?

Ne oldu da CANAVAR'a dönüştü birileri?

Ya çok canı yandı önceleri ya da canavarların içine doğdu.

Amaç neydi?

İnsan olmaksa eğer! Üzülme artık etrafında olanlara. Dünyanın kalbi bu, biraz hızlı atıyor. Olan biten ne varsa, canavarları öldürmek, canavar olmak isteyenleri engellemek için.

Adalet dönemi hızlandı, üst üste dağıtılıyor şu günlerde, maskeler düşene kadar devam edecek. Sen hemen yargıda bulunma sakın. Bekle ve gör, hemen inanma her duyduğuna, bekle ve gör.

Asıl gerçekler, herkes dedikodusunu yaparken değil, ortalık sessizleştiğinde çıkacak.

Sen bu geçen zamanda kendine şunu sor:

Canavar mıyım? İnsan mıyım?

Tabiri ağır gelmiş olabilir ama sen de hak veriyorsun, değil mi? Bazıları için az bile.

Dünyanın sonuna kadar etrafımızda olacaklar. Bizimle yaşayacaklar, bazen karşımızda, bazen de yanımızdaymış gibi gözükecekler. En güzel elbiselerin içinde, en lüks arabalardan bakacaklar. Bir otobüs durağında, yanında, bazen de uzun bir seyahatte yanında oturacaklar. Aynı işyerinde takım arkadaşın bazen de aynı mecliste yan koltuğunda olacaklar. Ama sen, İnsan, dikkat et.

Sen dünya güzelleşsin diye çaba harcarken, onlar engel olacaklar. Onların çoğaldığı kadar güzel yürekli insanlar da çoğalacak, görünmeyen bir savaşın askerleri gibi olacağız tüm insanlar. Silahımız kalbimiz, dilimiz. Tavrımız olacak. Bileceğiz ki o ilahi gücün korumasındayız, çünkü iyiler ordusunun yanındadır hep. Onun bir parçası olduğumuzu hatırlayıp, inadına yaşayacağız, inadına sevip, inadına güzel konuşacağız, inadına iyilik, inadına merhametli olacağız.

Her sabah inadına uyanıp, güneşe bakacağız. Muhteşem ışığıyla yolumuzu aydınlattığını hissedecek, aydınlıkta kimi görürsek iyiliğe davet edeceğiz. Bizim davetimiz kartla, e-posta veya postayla olmayacak. Bizim davetimiz, tebessümle, dokunuşla, sempatiyle, güzel ve iyileştiren cümlelerle olacak. İşimizi inadına seveceğiz, çünkü o bizi diğer insanlarla buluşturacak. Onu sadece para kazandığımız yer olarak değil, başkaları ile buluşturan yol olarak göreceğiz. İnadına alışverişe çıkacağız, her şeyin en azından alıp, en azını tüketeceğiz. Ne kadar fazla alırsak, o kadar azını tüketip, kalanı çöplere attığımızı hatırlayacağız. Az alıp, herkese eşit gitmesini sağlayacağız.

Ölmeyi bekleyen değil, yaşamayı aşkla isteyenlerden olacağız. Ne çok insan var etrafımızda, sadece karınlarını doyurup, yatıp kalkan. Hepsi ölmeyi bekliyor ve tek dertleri yarın da karınlarını doyurmak. Canavarların uyumadan gezdiği dünyada, insan olarak biz daha çok, daha etkili yaşamanın yollarını bulacağız.

Şarkıları kendimize değil, yanımızdakiler de duysun diye söyleyeceğiz. Yeşili göz zevkimiz için değil, sonrakiler oksijen bulsun diye koruyacağız. Yardımı, ihtiyacı olanda yok diye değil, bendekiler fazla diye yapacağız. Sevdiklerimizi bize iyi geliyorlar diye değil, sevilmeyi hak ettikleri için seveceğiz.

Ve zamanla yorulacağız, canımız yanacak, ümitsizliğe kapılacağız. Duracağız ama sadece dinlenmek için. Uzun süre konaklamayacağız dinlenme tesislerinde. Zamanla tembelleştirir, hedef şaşırtır, yeterli dinlenip daha güçlü olaçağız.

Sahilde milyonlarca midye var, hangisini kurtarabilirim ki demeyecek, milyonlardan birini kurtarmalıyım diyeceğiz. Çünkü biz de milyonlardan biriyiz, kurtarılmayı bekleyen, değil mi Allahım?

Duralım ve Düşünelim!

- ✓ Şu ana kadar düşündüğün her şey boş, çünkü biraz sonra başka bir şey düşüneceksin.

- ✓ İnsanların gözyaşlarında kendi kıskançlıklarınızı ve öfkenizi akıtmayın. Hangi yaşın hangi niyetten aktığını, ağlayan bilir.

- ✓ Aşıp, pişip gelmez önüne.

- ✓ Parçalanmadan, toparlanmıyor hayatımız. Gitmesi gerekenleri çıkaramadığımız için, bazen hayat bizim adımıza parçalıyor.

- ✓ Azalmak bir ihtiyaçtır. Hem kendi hayatında hem de başkasının hayatında çok büyük yer kaplama! Vazgeçilmez olma ki kıymetin bilinsin.

- ✓ Nedensiz uyanmalar değil bunlar. Dünden farklı olman için belki de bir mesaj. Nasibinde bugün de varmış, kıymetini bil.
- ✓ Sizi zamanla şok eden insanlara teşekkür edin, onlara kırıldıkça sevdiklerinizle toparlanırsınız. Her yanlış insan, bir doğru insana götürür.

- ✓ İnsanın her doğrusu içinde yanlışlar, her yanlışın içinde de doğrular vardır. Bunu reddetmek, gelişiminin önündeki en büyük engeldir.

- ✓ Aynı karakterde, farklı tipte insanları hayatına alıp, benzer şeyleri yaşamanın nedeni sensin!

Hayat Kimlere Güzel?

Hayat neden bazılarına güzel geliyorken bazılarına gelmez. Çoğunuzun yanıtını duyar gibiyim: Şanslılar da ondan, paraları var, güzeller, yakışıklılar, iyi bir yerde okuyorlar ya da yaşıyorlar, çevreleri geniş vb.

Gerçekten inanıyor musunuz bunlara? Güzeli gören ve hayattan keyif alan insanların sadece bu kesimlerdekilerin olduğuna?

İnsanların ne ya da kim oldukları önemli değildir. Önemli olan, ulaşmak istedikleri hedeflerinin ne olduğudur. Kişi ne hedefliyor ve dönüşümünü nasıl tamamlıyor? Asıl olan bu!

Hepimizin öğrenmesi gereken şey, yaşamsal hedeflerimize ulaşmanın yollarıdır. Hayatın güzelliklerini sadece hedefi için yolda çaba gösteren insan görebilir. Bir hedefi olmayanı sarayın içine, sahilin dibine, hazinenin önüne bıraksanız da keyif almaz. Boşluk ve amaçsızlık göze, kulağa, kalbe perde örter. Mücadelede olan karşısına çıkan her şeyi bir nimet sayar, diğeri ise gereksiz olarak algılar.

Hedef için sadece dinlemek, okumak yetmez. Bir fikir, üzerine düşünülmedikçe gelişmez, zenginleşmez. Bir hedefimiz varsa ona giden yol mutlaka vardır. Kilit üretilmeden, anahtar üretilmez.

İnsanların başarısızlıkları, karşılaştıkları problemler değildir. Onlara çözüm üretemedikleri için başarısız olurlar. Yani suya düştüğün için değil, yüzme bilmediğin için boğulma tehlikesi geçirirsin. Dolayısıyla eğer yaşamınızda problem yoksa, hedefiniz de yok demektir. Hedef yoksa kim görecek güzellikleri. Görebilmek için olgunlaşmak gerekir.

Bir insanın olgunlaşması, problemlerin çokluğunda değil, çözebildiği problemlerin çokluğundandır. Yani problemler hedefinizi bulmanız için yaratılmış araçlardır. Çözümleri üretilmeyen problemlerimiz, kendini tekrarlar.

Şimdi, yaşamda bir hedefim var mı diye sor kendine. Şunu da unutma, hedefi belirlediğin an, problemler başlayacak. Bunlara bedel denir. Bedel ödenmezse tadına varılamaz. Sen ki hayatın güzelliklerini görmek istiyorsan, bedelini ödemek zorundasın.

Seninle olan canlı cansız her şeyin bir bedeli vardır. Sevdiklerin için bile bedel ödemedikçe onlarla geçirecek zamanın güzelliklerine varamazsın. Onlara ödeyeceğin bedel, onların sorumluluklarını almaktır. Abi, baba, anne, teyze, kardeş, eş, evlat her kimsen. Kimliklerinin bedellerini ödüyor musun? Ödemiyorsan, yanındakiler sana neden güzel fotoğraflar versinler?

Geç kaldım deme sakın!

Her şeyin başlangıcı vardır ve her şeyin başlangıcı yapaydır. Zamanla doğallaşırlar. Tabii ki doğal, yapaydan daha değerlidir. Bir yerden başla, sevdiklerin için bedel öde, zaman ayır, özür dile, devam et. Sen istikrarlı oldukça doğallaşacak. Yaptığın an cevap alamayacaksın, çünkü samimiyetin sınanacak.

Buna gecikme yasası denir. Bir şeye başladığında sorunlar gelir, doğallaştıktan sonra sorunlar biter, karşılığı gelir.

Güzellikler, hep soyut şeylerde gizlidir. Örneğin bir konuşma ne kadar bir tarafı, belli bir inancı, ırkı veya siyasi görüşü yansıtıyorsa o kadar somuttur. Oysa bunların hiçbirini içermeyen bir konuşma son derece soyut ama bir o kadar da değerlidir. Bir insanın zevkleri ne kadar somut ise, mutluluğu da o kadar azdır. Güzellikleri göremez.

Cinsellik, aşırı tüketim, lüks, pahalı eşya merakı vb. Aşırılık arttıkça somutluk azalır. Artık insan soyut şeylerden, yani duygulardan tat almamaya başlar. Zevklerimiz soyutlaştıkça daha kaliteli yaşarız. Çok güçlü, çok zengin olabilirsiniz, aynı zamanda mütevazı yaşayabiliyorsanız, soyutsunuzdur.

Somut değerlerle mutlu olan insanlar, tepkileri en sert olanlardır. Dolayısıyla somut mutluluklar, en zayıf noktalarıdır. Bu insanlara maneviyattan, duygulardan bahsederseniz sizi küçümser, dalga geçerler. Başlarına bela, hep somut değerleri yaşarken gelir. Siz soyutsanız, yanınızda çok kalamazlar, çabuk sıkılırlar. Değiştiremiyorsanız, sizi anlamak istemiyorlarsa, uzaklaşın.

Gelelim güzellik algısına:

Zevk, somuttur, madde aracılığı ile olur. Mutluluk ise soyuttur, madde olmasa da olur.

Soyutlaşmak istiyorsan:

* Asla söz verme.

* İnsanların seni basite almasını sağla.

* Yapacağın şeyi asla söyleme.

* İnsanların senden beklentilerini asgariye indir ki yaptığın şey sürpriz olsun.

* Asla böbürlenme.

* Asla büyük konuşma.

* Karşındakini her zaman öv.

Basite aldığın veya abarttığın her şeyden mutlaka zarar görürsün. Hiçbir şeye aşırı güvenme, çünkü bu seni korumasız yapar. Çok arzu ettiğin şeylerin muhakkak olumsuz taraflarını görmeye çalış.

Hayatının öngörüsünü yapabilmelisin, çünkü her şey içinde mesaj barındırır. Olanların, olacakların mesajı hep vardır. Ve sen mesajı okuyana kadar olaylar tekrarlanır. Zannetme ki kaderin bir sillesi bu. Bu sadece yaratıcının iyilik tokatlarıdır. Yaşa, gör, anla, tedbir al, değiş diye.

Tarih okuyorsan bilirsin, tüm padişahların en büyük sınavı somut yaşamdadır. Sultanlık, saraylar, harem, hazineler vb.

Hangisi, hangisinin peşinde aşırı ise, gerileme ve çöküş orada başlamıştır. Çoğu saraylarına boş odalar yaptırmıştır. Arada bir o boş, taştan odaya girip hiçliklerini hatırlayıp, soyutlaşmak için. Senin sarayların yok belki ama evin, araban, paran, kıyafetlerin, eşyaların vardır.

Senin soyutlaştığın yerler nereleri?

Çık bir gün evden, bir hastanenin acil kapısında zaman geçir, soyutlaş. Bir gün bir yaşlılar, kimsesizler evini ziyaret et, soyutlaş. Bakıma muhtaç hayvanları besle, soyutlaş.

Çok yol var, çık bir gün...

Ya da sen bilirsin.

Bakmak istersen, sende olmayanlara sahip olanlara bakıp somutlaş.

Duralım ve Düşünelim!

- ✓ İnsan zihninin en sık yaptığı şey, gerçek çıkana kadar kendi yarattığı gerçeklere herkesi inandırma çabası! Az bekle, sabret derler adama!

- ✓ Her şeyin yoluna girdiğini bazılarımız göreceğiz. Gözü kapanmış olan nereye bakarsa aynı şeyi görür.

- ✓ Vardır her şeyin bir zamanı. Sana da işler, bana da. Kim kazanacak dersen onu da bekle, çünkü gerçekler, gizli kalmak istemezmiş.

- ✓ Bilinmez olan, her zaman abartılıdır.

- ✓ Doğru ile gerçek değişti. Doğru, insanın kendisine faydalıdır. Gerçek ise tutarlıdır. Zıttı ile vardır.

✓ Güzel şeyler istemek, güzel şeyler getirmez. İstenilen ne varsa çaba sarf etmek gerekir.

✓ Affetmek, size yapılanı kabullenmek değil. Size kötülük yapanla aranızdaki zihinsel bağı koparmaktır. Ne gerek var fazla yüke?

✓ Tam aşırılığa gittiğinde, ayrışma başlıyor. Siyahla beyazı ayırmak için kavgalar çıkıyor. Gereken de bu!

✓ Sıkıntı gelir, seni kendine getirir. Bir elinden alır, diğerine fazlasıyla verir.

Fazla Evet, Güzeli Yok Eder

Düşünün ki gücünüzü aşan ağırlıkta iki büyük çantayı her iki elinizle taşıyorsunuz. Bir de sırt çantası omuzlarınıza yüklenmiş vaziyette. İçlerinde size ait hiçbir şey yok. Başkalarının eşyaları ve kıramadığınız için, "Ben taşırım," dediniz. Sırtlanıp yola çıktınız.

Kendinizi bu durumda hayal edin. Bu şekildeyken sizi dünyanın en güzel yerine de bıraksalar, güzellikleri göremez, duyamaz, koklayamazsınız. Çünkü, yüklerden dolayı çektiğiniz acı ve yorgunluk hissi, sürekli yere bakarak yürümenize neden olur. Arada sırada kafanızı kaldırıp, gideceğiniz noktaya bakar, tekrar gözünüz aşağıya kayar. *Küçük Mutluluklar* kitabımda görsel, işitsel, dokunsal boyutları anlatmıştım. Yükümüz arttıkça daha dokunsal boyuta alıyoruz kendimizi, rahatlamak istediğimizden. Ama rahatlayamayız bu şekilde.

Çünkü o çantaları bırakıp, taşıyacak başka çantalar buluyoruz. Hayır diyemediğimiz için yükleniyor, yüklenince de hayatın güzelliklerini kaçırıyoruz. Göz bakıyor ama görmüyor. Kulak dinliyor ama anlamıyor hale geliyor. Çünkü en derinlerdeki sesler ve görüntüler acıtıyor bizi. Güneş cehennem gibi, yağmur damlası sel suyu gibi, trafik kıyamet, senin dışındakiler düşman gibi algılanmaya başlıyor. Tek bir nedeni var: hayır diyememek.

Hayatın güzel olduğu algısına, bilincine, inancına ulaşmak için hayır demeyi öğrenmeli. Nerede, ne zaman, kime evet dememiz gerektiğini öğrenmeliyiz. Şimdi şunu düşünebilirsiniz. Ben vicdan sahibi birisiyim. Evet, insan vicdanlı olmalı ama aşırısı olmamalı. Değer yargılanmaz, maneviyatımız vicdan ve merhametli olmayı söyler ama yaptıklarımız gün içinde yaşamımızı zorluyor, ilişkilerimizi bozuyorsa problem vardır.

Vicdanınızı aşırı kullanıyorsanız gün içinde insanlara hayır demekten kaçarsınız, çünkü bu tepki sizde farklı yankı bulur ve size vicdansız olduğunuzu fısıldar. Yanlış.

Diyelim ki evden çıktınız ve yolda yürürken karşı yoldan tanıdığınız biri geliyor. Yaklaşınca size selam vermeden geçti. Şimdi böyle bir durumda kendimizi bulalım, ne hissedersiniz: Eğer size değer vermediğini düşünürseniz, üzülür hatta küsersiniz. Eğer onu kıracak bir şeyler yaptım galiba diye düşünürseniz, kaygılanır ve geri çekilmeye başlarsınız.

Eğer kafası karışık derseniz, ona sempati duymaya başlarsınız. Yani başımıza gelen olaylar nötrdür. Onlara verdiğimiz tepkiler pozitif ya da negatifleştirir durumu. Ruhsal dünyamızdaki en temel olan inançlar yani düşünce kalıplarımız olumsuz ise, bir başkasının tavrı ile tetiklenir ve biz kendimize yanlış yorumdan dolayı acı vermeye başlarız.

Evet veya hayır arasındaki dengeyi sağlayamazsak, bir başkasının istekleri altında ezilmeye ya da aşırı bencilleşmeye başlarız. Hepimizin etrafında vardır ya da siz öylesinizdir. Ben aşırı fedakârım diyen biri kendiyle ilgili bu düşünce kalıplarının bahanesi olduğunun farkına varmaz. Aşırı fedakâr insanlar kendi haklarını aramak, kendilerini savunmakta zorlanırlar. Aslında boyun eğmekten başka bir şey yapmıyordur. Geçimli biriyim düşüncesinin arkasına sığınıp, hakkınızı arayamaz hale gelmeyin. Eğer bu durumlar sık olursa, psikolojik bunalımlara davetiye çıkarırsınız.

Hayat, böyle insanlara güzel, rahat, keyifli gelmez. Hayata hep duygusal hizmetçilik yapan biri gibi bakarsınız. Sürekli evet diyip, başkalarının hayatlarını kolaylaştırdıkça, mutlu olduğunuzu sanırsınız. Bu mutluluk değil, yanlış kodlanmış düşüncelerdir. Farkında mısınız, her evet deyişinizde başkasının sorumluluğunu alırsınız, bu durum sizde kaygıları sıcak tutar. İçten içe yapmalıyım, yapabilir miyim, yapmazsam şöyle olur gibi sabotajcı düşüncelere boğulur, endişelerinizi arttırırsınız.

Hayat güzellikten çıkıp yorucu hale gelir. Size söylüyorum, sürekli evet diyenler. Hayır dediğinizde bencil olmazsınız, korkmayın. Ömrümüzde en rahatsız edici durum, sıkışmışlık hissidir. Çünkü hayatınız başkalarının istekleriyle şekilleniyor. Artık siz yoksunuz, sadece o var. O dediğim kişiler, anneniz, evladınız, babanız, çalışma arkadaşlarınız, dostlarınız, herkes olabilir. Hayır diyemedikçe, zihniniz sürekli başkalarının duygularını tanımaya, anlamaya ve onların istediklerini vermeye odaklanıyor. Bir süre sonra siz kendi duygularınızdan uzaklaşıp, ihtiyaçlarınızı karşılayamıyor, bastırıyorsunuz.

Artık neyin sizi mutlu edeceğini bilemez hale geldiğiniz için hiçbir şey mutlu etmemeye başlıyor. Tabii ki nerede, hangi kültürde, nasıl bir ortamda yetiştiğimiz önemli. Kurallarla büyümüş, sürekli cezalara maruz kaldıysanız, aşırı fedakâr olabilirsiniz. Açıkçası 3 farklı olumsuz düşünce kalıbı var, hayır diyemeyenlere.

Boyun eğici, fedakârlık ve onay arayan. Eğer boyun eğmeyi kullanıyorsanız, öfke ve terk edilme korkusu ile ipleri başkalarına bırakırsınız. İç dünyasında oluşan öfkeyi sürekli bastırır. Kendini değersiz, başkalarını daha değerli görmeye başlar. İlişkilerini ben, sen, biz yerine sen, siz olarak kurgular.

Eğer fedakârlığı fazla kullanıyorsanız, kendinizden çalar, başkalarına aktarım yaparsınız. Empati abartılır. Kendisi dışındakilere aşırı duyarlı olmaya başlar. Herkesin her sorunu sizin için kesinlikle çözülmesi gereken sorunlardır. Kendisini mutsuz eder, başkalarını mutlu etmek için.

Onay arayan bir yapınız aşırı ise, kararlarınız, tutumlarınız başkalarından onay almak için gelişir. İlgi, övgü, beğeni, kazanma arzusu yükselir. Benliğinize olan saygınız azalır. Statünüzü, dış görünüşünüzü, paranızı başkalarından övgü almak için bir yol olarak kullanırsınız. Bazı sanatçılar, politikacılar, iş dünyasındaki insanlarda fazladır.

Eğer anne ve babanız sizin isteklerinizden çok, kendi isteklerine önem veren yapıdaysalar, siz bir süre sonra o değeri kazanmak için bu yollara başvurursunuz. Artık siz yoksunuz, başkaları var.

Sorar mısınız kendinize bu kadar onay arayan bir yapınız olsa, mutlu olmanız başkalarının geri bildirimlerine bağlı olsa, kendinizi nasıl hissedersiniz? Tabii ki mahkûm.

Gerektiği yerde HAYIR diyebilmeli insan. Her şeye evet dedikçe size gelen güzellikleri reddedersiniz. Çünkü gereksiz evetler, başkalarına yarar, size zarar verir. Bunu öğrenebilmek için bilinçli HAYIR deme oyunu oynayın.

Mesela: 15 gün boyunca kim ne isterse istesin HAYIR diyeceğim. Hayır dedikten sonra neler yaşayacağımı not edeceğim. Bilinçli yapmamızın sebebi, genelde evetlerin otomatik davranış olmasıdır. Onu kırmanın yolu, farkında olarak HAYIR diyebilmektir. Gerektiğinde HAYIR dedikçe yükünüz azalır, saygın olursunuz, kendinizi güçlü, güvende hissedersiniz.

Bu şekilde değerlilik algınız artar. Kendimizi değerli hissettikçe, yaşama bakan gözlerinizden perde kalkar. Artık görmeye, gördükçe güzelleşmeye başlar her şey. Tadı gelir dış dünyanın ve tattıkça anlamı değişir. Artık dünya nimetleri hediyedir. "Oh be, HAYAT GÜZEL!" demeye başlarsın.

Duralım ve Düşünelim!

✓ İnsan içindeki korkuya uygun şekilde görür, dışındakini.

✓ İstersem bir şarkıda, istersem bir cümlede, istersem virgülde, noktada bulurum kendimi. Ama istersem...

✓ İnsan kendisine şunu sorabilmeli: "Ben olsam, ne hissederdim?"

✓ Her şey o kafanın içinde ama çoğu gerçek değil, illüzyon.

✓ Yukarıdakiler konuşur aşağıdakiler tokuşur. Bu düzen hep böyledir.

✓ Umut varsa, kapıların da vardır.

✓ Emin ol, her şey güzel olacak. Zaten çoğu abarttığına değmez. Dışı parıltılı, renkli hayatların perde arkasındaki acılar sadece...

✓ Çözebildiklerin olacak ama bazılarına gücün yetmeyecek; anahtar gelene kadar yola devam et sabırla.

✓ Olacak oluyor zaten. Bize düşen, orada hazır olmak. Gün hazır, sen de hazır ol olacaklara, çünkü her şey senin olgunlaşmana adanmış.

Demlenmiş Sevgi

Sevmek çok güzel. Sevilecek insanların, ülkelerin, sokakların, hayvanların, eşyaların olması da güzel. Sevginin en büyük gücü, insanı özgürleştirmesidir. Acılarından, geçmişinden, dertlerinden özgürleştiren bir duygudur. Birini sevdiğinizde iyileşmeye başlarsınız, iyileştikçe sizi iyileştiren şeye bağlanırsınız. İşte sevginin sınırı burada devreye girmeye başlar. Bağlanmayı aşırılaştırdıkça, esaret başlar. Sevginin özgürleştiren gücü, sizi yavaş yavaş esir eder.

Biz, sevgiyi yapışıklık olarak algılıyoruz. Sevginin amacı teğet yaşamaktır. Karşındakine yapıştığın an, onun içinde kaybolmaya başlarsın. Artık ben yok, o var olmaya başlar. Seni kendi hayatındaki özgürlüğünle seviyorum diyebilme.

Seni, kendimi köle yapmadan seviyorum diyebilme.

Karşımızdakini kendi algımızla sevemeyiz. Benim sevgi algımla onunkinin aynı olmasını beklemek bencilliktir.

Bencillik, sevginin yanına yakışmaz. Bencillik, sevgiyi kendine düşman bilir. Sevgi ise yanında bencilliğin olmasından rahatsız olur. Ama belli etmez, kırmak istemez. Kendi kendine sıkılsın gitsin diye bekler. Çünkü emindir gideceğinden. Saf sevgi, olumsuzlukları arkadaş etmez kendine.

Çoğu ilişki, flört döneminde arkadaşlık sevgisinden sıkılmaya başlar. İhtiyaçları evlilik sevgisidir, göremezler. Çoğu evlilikte, karı koca sevgisi monotonlaşır. Evlat sevgisi gerekir, göremezler. İnsanlar sevmekten sıkılmaz, aynı şeylerin tekrarlanması rahatsız edicidir. Çünkü her birliktelikte sevgiler evlenir. O sevgiler de kendi içlerinde çoğalmak, yayılmak, yenilenmek, kısaca üremek isterler.

Biriyle arkadaş olursunuz. Arkadaşlığınız iyi gittikçe aranızdaki sevgiler üremek ister. Dostluk sevgisini doğururlar. Siz daha da yakınlaştıkça, samimiyet ve güven varsa, sevgi çoğalmaya devam eder. İçinden farklı sıfatlarla sevgiler doğar. Birbirinize kardeş, baba, abla, ağabey olmaya başlarsınız.

Her yeni sevgi sizi şükretmeye götürür. Bazen Allah'a teşekkür edersiniz, birbirinizin hayatında olduğunuz için. İnsanın kendi içinde tüm sevgilerinin demlenmiş olması gerekir. Mesela kendinize olan sevginiz demlenmiş ise mutlu olursunuz. Eğer ki tüm malzemeler var ama sadece su kaynıyorsa yani demlenmemişse, ruhen problemler başlar.

İçimizde aile sevgisi de var. Anneye, babaya, kardeşlere olan. Peki, onlar demli mi?

Eğer demlenmişse, güvende hissedersiniz. Aidiyet duygunuz sağlamlaşır. Aileniz var, yani malzemeler varken bir türlü dem almamışsa sevginiz, kaçarsınız, uzaklaşmak istersiniz. Tüm yakınlaşmalarınızda sadece suyunuz kaynamışsa, çay yanar, kokar. Su buhardır, uçar ve siz dışarıda o yanınızı demleyecek insanlar ararsınız.

Başkalarını baba, başkalarını anne yapmaya çalışırsınız. Peki, karşınızdaki o konuda dem almışsa ne olacak?

Hayat o kadar güzeldir ki tüm malzemeleri önümüze koyar.

Senin çay yapmanı ister. Bir sabah güneşi doğurur, çayı koyar, senden de sevdiklerinle olmanı bekler, su niyetine. Aranızdaki tatlı diyaloglar ise hafif ateşiniz olur, kaynaması için. Sonra sevgi ve samimiyet çay ile suyu buluşturur. Dem alsın diye.

Size kalan, sabah güneşinde bir kahvaltı sofrasında sevdiklerinizle muhabbettir. Demlenmiş çay niyetine.

Dostluk, arkadaşlık, akrabalık, evlilik, iş hayatı, sosyal yaşam bunun üzerine kuruludur. Birbirimizden sıkılmayalım diye arada bir ayrılırız. İşe güce gider, uzaklaşırız. Su soğur, çay biter, ateş kısıkta bekler. Hayat mesaj verir aslında, uzatma arayı diye. Akşam olur eve dönersin tekrar demlemek için. İşte bu yüzden, eve gelince uzak kalmayın ailenizden. Sokakta, mahallede, komşularınızda, doğada hayvanlardan, uzaktaki diyarlardan. Kime uzaklaşırsanız, zamanla başkasında demlenir, unutmayın ve sizin boşluğunuzu başkasının doldurmasına izin vermeyin.

Kim olursak olalım, ne kadar zengin, ne kadar fakir, ne kadar ünlü, ne kadar ünsüz hepimiz ileriki yaşlarda azalacağız ve azaldıkça bir bardak çay içip saatlerce konuşacak, gönül dostu arayacağız. Kimse sinirli, öfkeli iken çay içmez. Dünyanın her yerinde tüketilen çay, bardakla ikram edilir. Yorulup dinlenirken dost bulur. Sohbetteyken, yemekten sonra hazım için, sabah kahvaltı yanına bir tane simidin yanına, dost ederiz ya da kalabalık meclislerde sohbet aracı olur.

Her gittiğiniz yerde çay alır mısınız diye sorarlar. Yeni demlenmiş ise alayım dersiniz. Kimse demini almamış ya da çok kalmış çay içmek istemez. Çünkü çay deminde, sevgi ölçüsünde güzeldir.

Duralım ve Düşünelim!

✓ Amin der, susarım! Duam belli! Duyan belli...

✓ Bazen, görüntüsü yeter.

✓ Kimse okuduğu kitap, söylediği sözler gibi yaşayamaz. Sadece orada anlatılanlar gibi olmak için çaba sarf eder.

✓ Hayatınızdaki insanlar yaprak gibidir. Her sonbahar gitmesi gerekenler dökülür. Kışa ruhunuz dinlenir, ilkbaharda yeni gelenlere kadar.

✓ İnsanı tuzağa düşüren ve orada kalmasına neden olan şey, arzularıdır.

✓ Korkularımız: Güçsüzlük, suçlanma, değersizlik, acı çekme, istenmeme, terk edilme, başarısızlık, yokluk, aldatılma, çaresizlik, incinme. Hangisi fazla?

- ✓ Olmayanı kabul et! Çünkü kabul etmek, sizi anında yeni bir hedefe doğru yönlendirecektir!

- ✓ Gerçekler ortaya çıkmak istermiş.

İçinde Yaşayan Çocuğu Tanıyor musun?

Herkesin bir çocuğu vardır içinde. Hani dilimize yerleşmiş bir söz vardır. İçindeki çocuğu öldürme diye. Kimse bilmez ama içimizdeki çocuk mutlu mu, yaralı mı, öfkeli mi?

İçinizdeki çocuğu tanımadan hayatın güzel olduğunu algılayamazsınız. Çünkü dışımızdaki dünyayı ilk karşılayan içimizdeki çocuk tarafımızdır. Hepimizin yaralı çocuk denilen yanı vardır. Yaralı diyoruz, çünkü öyle bir yandır ki kendimizle ilgili olumsuz algılar oradadır. Değersizlik, eksiklik, kusurluluk, her şey kötü olacak, beni kimse sevmeyecek vb. olumsuz ne kadar algı varsa yaralı çocuk içindedir. Herkesin yaralı çocuk tarafı aynı derinlikte değildir. Çünkü yetiştiğimiz ailenin, çevrenin ve kültürün bunda çok etkisi vardır.

Öyle bir yandır ki bu, her şey iyi giderken bile sizin motivasyonunuzu düşürecek bir şeyler bulur. Tam hayat ne güzel dediğimiz anlarda, fazla inanma, kesin kötü bir şeyler olur diye fısıldar. En güzel yerlerde, en sakin ortamlarda bile yan masadaki neden öyle baktıdan tutun, beni gördü selam vermedi, nedene kadar. Keyfinizi kaçırır, yaralı çocuk tarafınız. Sürekli benzer algı seçiciliği yaptığı için her şey hep aynı gelmeye başlar. Kimse bilsin istemediğimiz bir yerdir, kimseye göstermeyiz ama bazıları bize yakınlaştıkça fark etmeye başlarlar. Kimi yapıcı bir şekilde fark ettirip, eleştirir. Kimi ise o yanımızı yakalar, sürekli oradan vurur bizi. Sevilmemiş, sakinleştirilmemiş bir taraftır, o yüzden gizlidir. Gücümüz ölçüsünde hayatta her şeyimizi bakıma alırız. Vücudumuzu, sağlığımızı, evimizi, arabamızı, saçımızı, tırnaklarımızı vb. Asıl bakım yapılması gereken şey, yaralı çocuk yanımızdır. En başarılı, en zengin, en çalışkan insan bile olsak, içimizdeki yaralı çocuk, tadımızı kaçıracak şeyler bulur. Kırılan egomuz da buradadır. Yaralı çocuk derinleştikçe egonun kırılma ihtimali artar.

En basit örnek, markette kasada sıranızı beklerken görevli, sizi görmez ve arkanızdaki kişiyle ilgilenirse ne yaparsınız?

Buna iki reaksiyon verilebilir:

Birincisi, eğer bu kişi yaralı çocuk yanı derin, dışlanmışlık algısı yüksek ise hemen kendini itilmiş hisseder, bu küçük olayda büyük tepkiler verir.

İkincisi, eğer bu kişinin yaralı çocuk yanı derin değil ve dışlanmışlık algısı yok ise, hakkını savunma yöntemi akıllıca olur: "Pardon, sırada ben varım, görmediniz sanırım," der. İlki ise, "1 saattir buradayım görmüyor musunuz, inanılır gibi değil," der hatta sonrasında kırılan egosunu tamir etmek için üste bile çıkabilir, belki de o da kasadaki görevliyi dışlar: "Her önüne geleni işe alırlarsa olacağı bu. Kör değilsiniz sanırım, lütfen acele edip, alır mısınız elimden şunları, sizi bekleyemeyeceğim."

İstediği yanıtı yine alamazsa, bu sefer üstünlüğe başlar:

Müdürünü çağır bana... Uzar gider...

Şimdi size sorum şu olacak: Sizin yaralı çocuk yanınızda

hangi olumsuz algı vardır? Değersizlik, kusurluluk, dışlanmışlık vb.

Bunları bir kâğıda yazın. Sonra şunlara yanıt bulmaya çalışın, lütfen. Hangi durumlarda, kimlerleyken daha çok ortaya çıkıyor yaralı çocuğum?

Bunları yanıtlarsak, ileriki bölümde iyileştirme çalışması için hızlanabiliriz. Kalabalık ailelerde çocuklardan birinde yaralı çocuk algısı çok derin olabiliyor. Genelde ilk çocuklarda daha çok gözlemlenir. İçe kapanık, mücadeleci olmayan, girişimcilikte başarısız olan kişilerdir bunlar.

Ünlüler dünyasına baktığımızda yaralı çocuğu fazla derin olanlar, onu kapatmak için aşırı üstünlük, kibirli tavırlar sergileyebiliyorlar. Ya da tam tersini yapıp kendine zarar verme yöntemleri fazla olabiliyor. Uyuşturucu, aşırı alkol...

Yaralı çocuk, iyileştirilmezse kendine, başkalarına ciddi psikolojik zararlar verebilir. Böyle birini cennete koysanız, zamanla orayı cehenneme çevirebilir. Çünkü başına gelen her olayı, çocukluktaki olumsuz deneyimlerle ilişkilendirir.

Aslında dış dünyaya verdiğimiz tepkilerin altında yaralı çocuğu korumaya alma çabası yatar. Demek istediğim koruma şeklimizin sağlıklı olması. İstediğiniz kadar böyle kitaplar okuyun, simalar dinleyin, bunu halletmezseniz, herkes size Pollyanna gibi gelecektir. Kabul etmeliyiz ki hepimiz eksiğiz, hiçbir konuda tam değiliz, olamayız da. Yaratılmanın amacında olan şeylerden biri de budur.

Eğer eksikliklerimiz olmasaydı, ömrümüzü kendimize tapmakla geçirirdik. Sadece kendimizi sever, överdik. Sadece kendimizin güzel olduğunu düşünüp dış dünyanın bizi hak etmediğine inanırdık. Bu da bizi zamanla isyana götürürdü. Çünkü yaratıcının sadece bizi neden yaratmadığını, diğer insanlara ne gerek olduğunu düşünürdük.

İyi ki eksiğiz, iyi ki her şeye gücümüz yetmiyor. Bizim sadece mücadele edecek gücümüz oluyor. Mücadelenin sonunda başarılı olabiliyorsak, güzellikler belirmeye başlıyor. İşte mutluluk, eksikliğine rağmen mücadele edip, sonucunda yaşadıklarımızdır.

Meslek hayatımda çok farklı gruplarla çalışma imkânım oldu. Özellikle yaralı çocuk tarafı derin insanlarla çalışmak, hayatımdaki en büyük deneyim oldu. Belli bir süre Bahçelievler Sosyal Hizmetler'de 7-12 yaş grubu çocuklarla, kısa bir süre de Maltepe Cezaevi'nde 12-18 yaş arası gençlerle çalıştım. Bu süreçlerde gönüllü ağabeylik yapmaya çalıştım. Yaralı çocuk algıları beni çok sarstı. Çünkü hemen hemen hepsinde değersizlik, kusurluluk, kimsesizlik, şüphecilik, dışlanmışlık inançları fazlaydı. Bu sebepten dolayı genelde kimsesiz çocuklar daha içe kapanık, kendilerine saldırgan iken, cezaevindekiler ise aşırı dışadönük, dışa saldırgan tavırlar sergiliyorlardı.

Her şeyi kişiselleştirme, abartı derecede kullanılan savunma mekanizmaları, arabesk bir tarz, gelişmemiş eşitlik duyguları yüksekti. Fark ettim ki hepsi yaralı çocuğu kapatmak için farklı yanlar geliştirmişler. Onlar için hayat güzel mi derseniz, istediklerini elde edebildikçe. Tabii hepsi için geçerli değil bu. Özellikle cezaevinde bir kısım gencin şu diyalogları beni etkilemişti:

"Aşkım ağabey, buraya girince maneviyatım yükseldi. Önceden isyankârdım. Burada namaza başladım. Allah'ın adaletine güvendikçe içimdeki öfkeler azalmaya başladı. Çünkü adaleti kendi yöntemlerimle sağlamaya çalıştıkça, sonum hep suç işlemek oldu."

Neden-sonuç ilişkisi kurabilmiş olan gençler bana ümit veriyordu. Diğerlerinde de bu algıyı sağlayabilmekti amacım. Bizim dışımızda gelişen prosedürlerden dolayı çalışmayı durdurmak zorunda kaldık.

Bakıma alınmamış yaralı çocuk ordusu gibiydiler. Onlara baktığımda hepsinin yalnızlığını görüyordum. Ama çok geçti artık, çünkü bir başkasının sağlıklı anne baba bakımı uygulayacak zamanı çoktan geçmişti. Bir şekilde kendi kendilerine bunu öğrenmeleri şarttı.

Çocuk esirgemeler biraz daha farklıydı. Yaşları gereği gördükleri her yabancıda anne baba ilişkisi kuruyorlardı. Öncelikleri bakımları olduğu için onlarla ilgilenen kişilerle hızlıca bağ kuruyorlardı. Daha dış dünyayla tanışmadıkları için yaşları 18'e gelip oradan ayrılana dek, kendilerini güvende hissediyorlardı. Dış dünya algıları gelişsin diye ara sıra desteklerle çocukları gezilere, turlara, yemeklere götürüyorlardı.

Tek temennim, dış dünyaya girdiklerinde benlik saygılarını, değerlilik algılarını kazanmış olmaları. Yaralı çocuğun yanında bir de mutlu çocuk tarafımız var.

Bu öyle bir yanımızdır ki üretken, tek başına yeten, pozitif, gülen, nedensiz mutlu olabilen modumuzdur. Kiminde sık kullanılan kiminde ise çok az. Hatta bazılarımız mutlu çocuk moduna geçince kaygılanır. Acaba ne kadar sürecek, kesin kötü bir şey olacak diye düşünür.

Tabii ki sürekli bu modda olamayız. Ama sürekli yaralı ile de yaşanmaz. Her insanın tek başına çözümleyecek, iyileştirecek imkânı olmayabilir. Ama bu bölümde pratik yöntemlerle yaralı çocuğumuzu nasıl iyileştirebiliriz konusuna değineceğim.

4 çocuk yanımızı sıralarsak:

* Yaralı çocuk
* Saldırgan, öfkeli çocuk
* Dürtüsel çocuk
* Mutlu çocuk

Saldırgan ve dürtüsel çocuğu, yaralı çocuğu kapatmak, korumaya almak için kullanırız.

Herhangi bir olayda yaralı çocuğumuz devreye girdiyse, bize yapılan bir hareket, söylenen bir söz ya da başımıza gelen bir sıkıntı, içimizdeki yaralı çocuğu ortaya çıkarınca onu korumaya almak için saldırgan ya da dürtüsel çocuğa başvuruyor olabiliriz.

Saldırgan çocuk olup, aşırı tepkiler gösterebilir. Kendimize ya da dışarıya şiddet uygulayabilir, bağırır, çağırır, dağıtabiliriz. Ya da dürtüsel çocuğa başvurup aşırı yeme, içme, aşırı uyuma veya abartı cinsel ilişkiye girebiliriz. Tamamen dürtülerin esiri olmaya başlarız. Aslında her ikisi de kaçıştır. Zihin bu yola yaralı çocuk algısından uzaklaşıp, odağı başka taraflara çeker. Problem çözülmez, sadece göz ardı edilir.

Ülke olarak biraz geçmiş analizi yaparsak, 80-90 yılları toplumda yaralı çocuk algısı yüksekti. Dinlenen şarkılar, sosyal tavırlar hep hüzün, acı içerikliydi. 90'lardan 2000'lere daha bireyci tavırlar sergilemeye başladı. Öfke patlamaları ve dürtüsel tavırlar kendini göstermeye başladı. 70-80'lerin yaralı çocuk algısını sonralarda kavgalar, aşırı yeme, içme, sağlıksız cinsel ilişkilerle kapatmaya başladık. Aşırı gittiğimiz için şimdiki yıllarda ise obezite, kilo problemleri, psikolojik bunalımlar, depresyonlarla baş başa kaldık. Çoğumuz kazandıklarımızla yanlış kararlar alıp, hayatımızı zora sokuyor, sonrasında psikolojik desteğe ihtiyaç duyuyoruz.

2010'lar dürtüsel çocuğun hâkim olduğu yıllar. Çok yiyen, çok içen, aşırı tüketim, alışveriş yapan, her önüne gelenle sık sık cinsel ilişkiye giren bir sosyal problemle baş başayız. Haberlerde en çok obez çocuklar, hamile kalmış ama istenmeyen kadınlar, boşananlar, iflaslar vb. problemlerle uyanıyoruz.

Ekranlar, gazeteler, kitaplar, psikoloji alanında ben ve benim gibi uzmanlarla dolmaya başladı. Spor hocaları, diyetisyenler evinize kadar gelip, seninle spor yapalım demeye başladı. Herkes mutlu olmanın, ağırlıklarından kurtulmanın yollarında.

Kimi Hindistan'a guru olmaya, kimi başkasının yatağında sabahları sarılsın umuduyla uyumaya, kimi doğurduklarına kendisini adamaya, kimi alnını secdeye koyup, Yaradan'la sohbet etmeye, kimi çılgınlar gibi alışveriş yapmaya başladı.

Doğruyu, yanlışı sen bulacaksın. Bana iyi geliyor dediklerini doğru analiz et. O anlık mı iyileştiriyor yoksa uzun vadede tedavi mi ediyor.

Magazinde dürtüsel çocukla yaşayan bazı ünlülerin uyuşturucu ve alkol problemlerini izlemekten, 1 yılda 10 sevgili, 3 senede 30 eş değiştiren dürtüsel insanları takip etmekten sıkılmadık mı?

Hiçbiri mutlu değil. Amaçları yaralı çocuk yanlarını kapatmak. İnşallah gerçekten iyi, sağlıklı ve mutlu olmanın yollarını bulurlar. Bunların yanında son zamanlarda ekrandaki bazı karakterleri de çok sevmeye başladık.

Mutlu çocuk yanlarını kullanan bu ünlüler hepimize umut oldu, iyi geldiler. O insanlarda ihtiyacımız olan şeyi görünce nasıl da sahipleniyoruz. Örneğin, "O Ses Türkiye"de mutlu çocuk yanıyla karşımıza çıkan Gökhan, "Çok Güzel Hareketler" programıyla yıldızları parlayan "3 Adam" ekibi, sürekli tebessüm eden, huzur dolu şarkıcı Mustafa Ceceli ve birçoğu.

Toplum olarak ihtiyacımız olan mutlu çocukların çoğalması şart. Bir taraftan da uzun yıllardır takip edilen ve içimizdeki saldırgan çocuğu dillendiren "Kurtlar Vadisi" dizisi. Ülkenin çoğunluğunda olan bir yara, saldırgan çocuk. Bu dizinin bu kadar tutmasının psikolojik nedenlerinden biri de bu.

Bazı tartışma programlarına dikkat ederseniz, sadece isimleri tartışma programı. Ama içerikleri tamamen kavga programı. Tartışmada düşünceler kapışır, kavgada ise kişilikler.

Saldırgan çocuğun en çok olduğu programlar bunlardır. Birçok izleyicinin içindeki saldırgan çocuğun dikkatini çektiği için izlenmekteler. Sonrasında akılda kalan, programın verdiği mesajlar değil, genelde konuk ve sunucuların birbirlerine yaptıkları saldırılardır.

"Aşk-ı Memnu" ve benzeri dizilerde, hikâyelerden çok dürtüsel yaşayan karakterler ilgi çekmektedir. Aşırı tüketim, somut yaşamlar, abartılı cinsel arzular, yasak ilişkiler izleyicileri cezp ediyor. Kimse romanı hatırlamaz ama çoğu insan Behlül-Bihter aşkını konuşur. Bu aşk değil sadece hayvansal bir dürtüdür.

"Yaprak Dökümü", "Medcezir", "Karadayı", "Suskunlar" gibi dizilerde yaralı çocuk modu baskındır. Genelde başrol karakterler acı çeken, dürüst, haklı tiplerdir. Herkes izlerken kendi içindeki yaralı çocukla yüzleşir ve hipnoza girer.

Karakteri sahiplenir ve korumaya alır. Onun öpüşmesini, sevişmesini, abartı zengin olmasını istemez. Eğer olursa kendinden uzaklaşır. İçten içe ise sonunda mutlu olsun ister. Bu tip diziler sezon sonuna kadar yaralı çocuğu iyileştiremezler. Senaristler sürekli dram yaratıp, odak yönetir.

Müge Anlı'nın programının 1 numara olmasının ana sebebi budur. O kuşağın izleyici kitlesi yaralı çocuk modu fazla olanlardır. İzleyenlerin çoğu merakla yaralı olan kişilerin o hale gelmesine neden olan suçluları merak ederler. Bulundukça kendi hayatlarında bir değişim olmuş gibi sevinirler.

Dikkat ederseniz artık eğlence mekânları haftanın 5 günü dürtüsel modda hızlı müziklerle eğlenmenizi, haftada 1 gün arabesk müzikle yaralı çocuk modunda hüzünlenmenizi sağlayacak etkinlikler peşinde.

Neden bu ülke Cem Yılmaz'ı seviyor. Sadece komik olduğu için mi? Sanmam.

O kadar nötr ve dengede olmaya çalışıyor ki. Siyasi, ideolojik, dini ve diğer hassas konularda dengede durup, uçlara gitmiyor. Yaptığı şovlardan sonra kimse içeriği hatırlamıyor. Çünkü mutlu çocuk modundayken yaptıklarımızı sonradan hatırlamayız. Bu genelde yaralı çocukta olur. Acıyı yaşar günlerce, tekrar tekrar yaşatır zihninde kendine.

Neden Küçük Emrah dinlendiğinde aklına yaralı çocuk geliyor.

Bu saydığım 4 çocuk hali hepimizde zaman zaman ortaya çıkar. 4'ünü de kullanırız. Yaralı çocuk zaten temelde olan, diğerleri de onu korumak için ürettiğimiz yanlarımız.

Asıl soru, hangisini sık kullanıyoruz? Bunların farkında mıyız? Kimlerin yanında, hangi olaylarda, hangi çocuk çıkıyor ortaya?

Hadi, bir farkındalık egzersizi yapalım beraber. Size önerim, yazarak katılım sağlamanız. Şimdi iyice düşünelim.

Benim yaralı çocuğum nerede, ne zaman, hangi olaylarda ortaya çıkıyor? Yaralı çocuğun içindeki kendiyle ilgili algısını hatırlayarak yanıtlayın. Değersizim, dışlandım, kusurluyum, yetersizim, başarısızım gibi olumsuz davranışlar.

Şimdi bunları düşündükten sonra şunu soralım, bu halime karşılık verirken, tepkiyi hangi çocukla veriyorum? Saldırgan, dürtüsel, mutlu?

Buraya ayrı bir dosya açıp şunu da söylemek isterim. Bazı insanlar da şöyle problemli düşünce ve davranışlarda olabiliyor. Örneğin yıllarca, ekonomik sıkıntı çekmiş, sırtından vurulmuşların tabiri ile aile içi problemler yaşamış, para yüzünden dışlanmış vb. kısacası, yaralı çocuğu derin bazı insanlar, ileride durumları feraha çıkınca değişik bir hal alabiliyorlar.

Mesela fakir bir garsonu görünce aşağılama, kendi geçmişindeki halini hatırlatan her insana aşırı saldırgan ve egosu yüksek tavırlar sergileyebiliyorlar. Hatta böyle insanları para ile yanlarında işe alıp, sürekli aşağılama, dışlama hatta bazılarında şiddete kadar giden davranış bozukluklarını görebiliyoruz.

Bunun nedeni, karşısındaki insanların kendi yaralı çocuk yanını hatırlatması. Aslında onları aşağılamak, bilinçdışında kendini aşağılamak. Onlara fiziksel ya da psikolojik şiddet, aslında kendini cezalandırma yolu. Kişi başkasının üzerinden kendini kırbaçlıyor.

Burada kendilik algınızı nasıl tedavi ettiğiniz, maneviyatınız, başınıza gelenlerle İlahi güç arasında ilişki kurabilme becerisi, değer yargıları çok önemli.

Bu sene kurumlara verdiğimiz eğitimlere kısa bir süre ara verip, HSYK ile güzel, etkili bir eğitim kampı düzenledik. Yargıtay ve Danıştay hâkim ve savcılarına Etkili İletişim, Pozitif Yaşam konulu eğitimler gerçekleştirdik. Benim şahsıma ve mesleğime faydası olacak birçok deneyim dinledim, öğrendim.

Ben de kendilerine sunumlar sergiledim. Bu konuları paylaşırken birçok hâkim, savcı sokakta suç işleyen çocukların, gençlerin kendi içlerindeki yaralı çocuğu korumak için saldırıya geçtiklerini, dürtüsel yanlarını aşırı kullandıklarını fark edip geri bildirim verdiler. Evet, gerçekten öyle. Çünkü çoğu başka yol bilmiyor.

Bunları aşırı ya da kontrolsüz kullanan insanların hayatı güzel olarak algılaması zor. Hayatın güzel olabilmesi, yaşadıklarınızdan ziyade onlara vereceğiniz tepkilerle doğru orantılıdır.

Bir sorun var.

Bu sorun yaralı çocuktaki hangi olumsuz düşünceme dokunuyor. Ben sorunla ilgili ne düşünüyorum?

Soruna karşı ne yapacağım?

Yani:

Olay+Düşünce+Duygu+Tepki

En basit örnek:

Markette ihtiyacınız olan ürünleri sepetinize doldurup, ödeme yapmak için kasaya geldiniz. Önünüzde 3-5 kişi var, sıraya girdiniz. Sıra size geldiğinde, kasadaki görevli hiç yüzünüze bakmadan ürünleri okutmaya başladı. Bir soru sordunuz, başka yerlere bakarak soğuk bir şekilde, "Bilmiyorum," dedi.

Olay: Kasiyerin sizinle samimi ilgilenmemesi, saygısızlık yapması.

Düşünce: Bana hizmet vermek istemiyor, bana samimi değil, beni görmezden geliyor.

Duygu: Dışlanmışlık, değersizlik (ego zarar gördü).

Tepki: ?

İşte, tepki size ait bir durum.

Ama bu örnekte diyelim ki saldırgan çocuğu büyüklenen bir tutum sergiledi:

"Size soru soruyorum, neden cevap vermiyorsunuz?"

"Bilmiyorum," dedim.

"Öyle yarım ağızla, yüzüme bile bakmadan konuşarak mı? Lütfen, müşterilerinize daha saygılı, ilgili olun."

"Size öyle gelmiş, hanımefendi."

"Yalan mı söylüyorum? Kendinizi bir görseniz buradan. Size eğitim vermiyorlar mı? Müşteri memnuniyeti diye bir şey var."

"Özür dilerim, yanlış anladınız."

"Sıkışınca özür dilerim, tabii. Ben bunların hiçbirisini istemiyorum, bir daha da buraya gelmem."

Bu olay çok tanıdık olsa gerek. Ama içinde gizli mesajlar var. Müşterinin bu kadar saldırganlaşmasının sebebi, yeterli ilgiyi alamaması. Bu herkes için geçerli. Özellikle çocuklar. Sevgi ve ilgiyi yeterli alamazlarsa, etrafa saldırgan tavırlar sergilerler.

Size bir tüyo vereyim: Çevrenizde sık sık herkesle kavga eden, pireyi deve yapan birileri varsa, bilin ki çok sevilmemiş.

Duralım ve Düşünelim!

✓ Herkes hikâyesine devam ediyor. Uyuyan da uyumayan da!

✓ Görmemek mi daha kötü yoksa yanlış görmek mi?

✓ Dünya, üzerinde yürümek, çalışmak ve dinlenmek için yaratılmıştır. Yoksa sırtlanarak taşımak için değil!

✓ Hiçbir güzel söz boşuna gitmez. Karşındaki hak ediyorsa, gönlüne saplanır. Hak etmiyorsa deler geçer, yine bulur güzel bir gönül!

✓ Sadece yazdıklarım benimdir, okuduğundan anladıkların değil.

✓ Bir insanı tanımak için ömrünü geçirdiği yıllara değil, yollara bak. Geçen zaman ödenmiş hesabı, geçtiği yollar ise verdiği mücadeleyi gösterir.

✓ Sen bir yola çıkmaya gönüllü ol. Unutma güzellikler duraklarda saklı.

✓ Ne güzel bir şey, isteme becerisi. Verecek olana güven tamsa, olsa da olmasa da vardır bir nedeni. Siz isteyin...

✓ Nereye gidersen git, kiminle tanışırsan tanış, kendini bulursun. Her yolun tek yolcusu sensin. Varış siyah mı beyaz mı? Onu da içine sor!

✓ Kimse en büyük ve vazgeçilmez değil. O en'lerin küçük bir rüzgârla dağıldığı dönem başladı. Kasırgadan korkmazdın, bir meltemle dağıldın bak!

Yaralı Çocuğu İyileştirmek

Küçük küçük kıyametler yaşatırız kendimize. Her dert ve kederden sonra biriktiririz hepsini depoda. Açar açar ağlarız, hüzünleniriz. Sonra ağır gelir, saklarız. İçindeki acılar, zayıflık gibi gelir hatta bazılarından utanırız, saklarız. Kimse görsün istemeyiz. Yaralı, hüzünlü tarafımızdır. Büyütmeyiz, olgunlaştırıp, iyileştirmeyiz çoğu zaman. Mutsuz bir çocuk yaratıp içimizde, en derinlere hapsederiz. İçerde ağlar, utanır, korkar, susar, saklanır. Biz büyürüz, büyüdükçe başarılar, zenginlikler, hırslarla üstünü örteriz. Ne zaman bir zayıflık, problem yaşarsak korkarız, çünkü yaralı çocuğumuza dokunur, onun kapısını açar. Ama öğrenmeliyiz artık saklayarak, yok sayarak düzelmeyecek, iyileşmeyecek, büyümeyecek o yaralı çocuk.

O en derinlerde bizi bekliyor. Onu kabullenip iyileştirmemiz için.

Kendi kendimize yaralı çocuğu iyileştirememişsek, ona iyi bakacak birilerini ararız hep. Yakınınıza aldığınız ya da yakınlarında olduğunuz insanlara bakın, içlerinden bazıları sağlıklı anne baba modu gelişmiş, size şefkatle yaklaşan, affedici, sarmalayan tiplerdir. Bazısı ise sağlıklı yetişkin yanını kullanan tipler. Yol gösterir, farkındalık yaratır, nasihatlerde bulunur.

Biz bu iki sağlıklı yanı kendimizde geliştiremezsek, etrafımızda böyle insanlar olsun isteriz. Ama asıl iyileşme, bu iki özelliği kendimizde geliştirmek. Aslında İlahi gücün gönül sesinizde hayat bulması bu.

İnsanın sağlıklı, yapıcı, şefkatli, kendini seven iç sesi aslında Allah'ın nefesidir. İnsanın sağlıksız, yıkıcı, zalim, cezalandırıcı, egoist, bencil iç sesi ise şeytanın fitnesidir. Tabii ki sağlıklı olan, temiz olan kazanacak. Çünkü yaratılan her insan doğduğunda temizdi. Temel, Allah'ın nefesi, orada büyürken, gelişirken yanlışlar, hatalar yapmış olsak da eninde sonunda iyilik ve temizlik kazanacak.

Duralım ve Düşünelim!

- ✓ Bazı şeylerin adını zaman koyar, acele etme!
- ✓ Özgür olmak çekicidir ve bu da zaaflarından arınmak demektir.
- ✓ Doğru olanı yapmaya özen göster. Böyle olursa, başkalarının alaylarına ve eleştirilerine önem vermezsin.
- ✓ Elinle iyilik yaptığın insanı, dilinle kırma yeter.
- ✓ Hoşuna gitmeyen, boşuna değildir.
- ✓ Sevdiğini belli et. Gizlemek, başkalarına fırsat vermektir.
- ✓ Çoğu zaman elimizdekiler, aradıklarımızdır.

- ✓ En büyük tembellik, her söylenene sorgulamadan inanmaktır.
- ✓ Hangi duygunuzu çok kullanıyorsanız, ona göre insanlar ve olaylar gelir ayaklarınıza.
- ✓ Kaygı, bir tehlikeye karşı önlem almamızı sağlıyorsa iyidir, ama bir şey yokken tehlikede hissettiriyorsa kötüdür. Kaygılarınızı tanımlayın.

Dünyada Cennet Varsa O da Gönül Rahatlığıdır

Şöyle bir geçmişimize bakalım mı? Şimdi nelerin peşine düşüp de sıkıntıları dost ettik. Geçici ne kadar zevk varsa yaşadık da ne oldu? Kimi yaptığı yanlışlara, "Oh, iyi yapmışım, pişman değilim," dedi. Derken bile içine ters düşmenin sıkıntısını yaşamadı mı? Evet, oldu, yaşandı, ya şimdi?

Ele geçmesi mümkün olmayan şeylerin ardından koşmasak artık. Gelecekse, zaten başkasına gitmez. Olmuyor, olmuyor, olmuyor çığlıklarını durdursak ya biraz!

Dünyanın en büyük azabı, bu değil mi bize? En büyük derdimiz, imkânsız şeylerle uğraşmak oldu artık. Onu iste, bunu iste, hepsini iste nereye kadar? Öyle bir şey iste ki birçoğunun anası olsun, hepsine gebe olan bir kadın gibi.

Ona ulaşınca, doğumu senin gönlünde yapsın. Ne doğurduysa, diğer istediklerin olsun. Tek bir anahtarla tüm kapıları açabil.

Öyle bir şey iste ki hep yanında olsun. Onu sen bulacaksın, sadece ara...

Mevlânâ ne güzel demiş: "Ey, insanoğlu! Kendindeki gizli hazineyi araştır! Kendini bul. Bul ama dikkatli ol, kendini çaldırma!"

Bu hak yolunda açıkgöz bir hırsız pusu kurmuş seni bekliyor. Bu hırsıza dikkat et de kendini çaldırma!

Karşılaştığımız her olayda, her acıda, her mutlulukta kendimizi ve diğerlerini tanıyoruz. İnsan kendini bu koca evrende bulamazsa, dünya üstüne üstüne geliyormuş gibi hissediyor. Aslında üstüne geldiğini düşündüğün her şey yalan. Yani dünya yalan; bir tek gerçek var, o da sensin. Kendi gerçekliğini keşfettikçe yalan dünya demeye başlıyorsun.

Birçoğumuzun işleri iyi giderken, kötüleşmedi mi, en sevdiğimizden kazıklar yemedik mi, hiç ummadığımız anda ölüp gitmedi mi tanıdıklarımız? Sonra her şeyin ardından, "Yalan Dünya!" demedik mi? Ve o "Yalan Dünya" cümlelerini kısacık zamanlara sıkıştırıp, unutur gibi yapmadık mı?

İnsan sadece ölüm gerçeğini içinde saklar, yokmuş gibi davranır. Onu hatırlatacak olaylarda durur ve kendine gelir, sonra hızlıca unutur ve kaçar. Peki, biz ölümü mü arıyoruz? Kaçtığımız şeyle mi sınavımız? Hani hayat güzeldi, ölüm düşüncesiyle hayat güzeldir gerçeğini nasıl bir arada kullanabilir insan? Değil aynı cümlede, aynı paragrafa bile yakışmıyorlar belki.

Ama bir gerçek var ki, daha doğmadan ölümle nişanlanmışız. Allah bizi beşik kertmesi yapmış ölümle. Eninde sonunda evleneceğiz. Bu bizim değil, yaşamın gerçeği. Hayat ise, ölümün bu dünyadaki tersi. Nefes almak, tebessüm etmek, sevmek, sevilmek, ait olmak, bağlanmak gibi her şey...

İşte, ölmeden, şimdi yaşıyorken bul hayat amacını.

Duralım ve Düşünelim!

- ✓ Bazen huzur, çok arzu ettiğin şeyin de olmaması olabilir.
- ✓ Bugün yaşadıkların, düne kadar ilmek ilmek dokudukların aslında.
- ✓ Günün getireceklerine değil, günde yapabileceklerine odaklan. Elinde olan sadece bu.
- ✓ Dünle uyudun, dünle uyanma!
- ✓ İnsanın en zor arkadaşı kendisidir. Ömrü, kendisiyle bir küs bir barışık geçer. Çünkü kendisini tanıdıkça, bazen kızar bazen de sevinir.
- ✓ İnsanların başarılarını kutlamayı öğrendiğimiz gün, bencil olmaktan uzaklaşacağız.

✓ Mükemmel olmaya çalışmamak lazım, biraz eksiksin kabul edeceksin. Ömür, eksiklikleri fark edip geliştirmek için vardır.

✓ İnsan büyüdükçe, küçük hatalardan yıkılır.

✓ Başarılı insan, kendi hakkında değil, yaptıkları hakkında konuşturandır.

✓ Üç şey kalbi öldürür: çok konuşmak, çok uyumak, çok yemek.

Hoş Gör Be Dostum!

Nereden katılaştıksa, oradan kırıldık durduk. Neremizi abarttıysak hep oradan saldırdılar, sanki bizi takip ediyorlarmış, her şeyimizi biliyorlarmış gibi. Onlar mı takipte, biz mi istemeden gözlerine sokuyoruz düşünmemiz lazım. İnsan katılaştıkça, kırılmak istemez, kırılmak istemedikçe hassas yanlarına fazla odaklanır. Odak kendisine döndükçe, kendini önemseyen ve başkalarını unutan insanlara dönüşür.

Kendine cömert, başkasına bencil olmaya başlar. Tehlikeler bu tip insanları daha çok bulur. Hayat katılığı sevmez, esnemekten yanadır. Şu anki yüzyılda bencillik ve narsisizm yükselmiş durumda. Böyle dönemlerde algı yönetimi kişisel çıkarlar ve mutluluklar üzerine kurulur. Toplumda en çok sloganlaşan cümleler: güvenme kimseye, sırtından vururlar; sevme, iyilik yapma, yardım etme kazık yersin vb. Artık algı bellidir.

Sıra bu algının esiri olan toplumun tavırlarındadır. Bencilleşen, bireyselleşir; bireyselleşen mutlu olmak için tüketime girer. Tükettikçe haz alır, paylaşım azalır ve hoşgörü biter. Böyle zamanlarda önyargılar artar. Herkes herkesi tehdit olarak görür. Nerede hayatın güzelliği? Artık yok, bitti!

Ne zannediyorsun, bu dünyanın derdi, mutluluğu, yaratılmış her şey sadece senin için mi? Sana mı geldi?

Esne artık, esnedikçe kıramazlar. Esnek olanın iletişimi güçlenir. Her ilişkide, her diyalogda: "Bu düşünce onun gerçeği, o da böyle düşünüyor," demeye, yani anlamaya başlarsın.

Aslında tek derdimiz, kuramadığımız iletişim. Üç ayaklı bu süreçte şu aşamalar vardır:

1. Dinle
2. Anla
3. Yorumla

Hoşgörü azaldıkça 1 ve 3 etkinleşir, ama 2. pasif kalır.

Sadece dinleyen ve konuşan insanlar çoğalır. Anlamanın olmadığı iletişimlerde diyalog değil monolog vardır. Yani çok insan, çok ses, çok cümle vardır. Herkes kendi çalar, kendi söyler ve kendi oynar. Kalabalıklarda tek kişilik gösteriler yapılır. Birliğin, topluluğun, beraberliğin sesi kısılır. Hayatımız kalabalık olsa da, mutluluk ve huzurumuz azalır.

Az iş yapsak da, çok fazla insanla konuşup görüşsek de, akşam eve geldiğimizde başımız kazan olur. Çünkü hep konuştuk, hep konuştular ama hiç anlamamış, anlaşılmamışızdır. Dikkat ederseniz, basit bir iş için bile en az 5 kere toplanmak, 10 kere mailleşmek, saatlerce konuşmak gerekiyor. Abartının farkında mısınız?

Zamanı, parayı, kelimeleri, duyguları, enerjiyi topladığımızda, harcadığımız bedel, kazancımızın kat kat üstünde çıkıyor. İşte, mutsuzluk bu! Ödediğin bedel, sonucunda aldığın hazzın altında olmalı ki mutlu olasın. Şu anlarda ise yüksek bedellere, az kazanımlar elde ediyoruz. Bu sebeple stresli, kaygılı oluyoruz. Daha çok mutlu olmak için, daha çok bencil oluyoruz.

Anlaşılmadıkça, anlamak istemiyoruz. Hoşgörü azalıyor, kırılıp kırıyoruz.

Şimdi bakalım, gerçekten hoşgörülü müyüz?

Mesela, karşımızdaki konuşurken gerçekten onu dinliyormuş gibi yapmak, saygı adı altında sessizce dinlemek, o konuşurken ona vereceğimiz cevapları içimizden sessizce düşünmek, ne söylerse söylesin, kararımızda katı olmak ama bunu baştan söylememek.

Dıştan bakıldığında dinliyor gibi gözükürüz ama iç sesimiz çok yüksektir. Sadece mimiklerimiz aktiftir. Bu iletişimde hoşgörü yoktur. Çıkar için kandırmaca vardır. Bu tarzımızla baskın olup sözümüzü geçirdiğimizde, onu ikna ettiğimizde kendimizi haklı zannederiz.

Bu haklılık, sadece egonuzu yükseltir. İç sesiniz hep haklı olduğunuzu fısıldar. Artık insanlar basittir. Size göre gereksiz şeylere takıyorlardır ve düşüncesizdirler. Burada hoşgörü yoktur ama siz var zannedersiniz.

Gelelim sağlıklı hoşgörüye:

Voltaire'in sözü ne güzeldir: "Söylediklerinizin hiçbirine katılmıyorum, fakat bunları söyleme hakkınızı ölünceye kadar savunacağım."

İşte, esneklik! İşte, hoşgörü!

Karşımızdakinin bizim kabul edeceğimiz şeyleri söylemesini beklemek yanlıştır. Önemli olan, onun söylediklerini anlamaya çalışmaktır. Burada temel olan saygıdır. Kimse kimsenin zihnine ve bedenine müdahale edemez. Başkasının gözlerinde kendimizi görmeyi istemekten vazgeçmeliyiz. Karşındaki ne söylerse söylesin, kabul etmek zorunda değilsin ama uyum sağlamak zorundasın.

Zorunda mıyım? Evet, zorundasın.

Bazı fikirler ve tavırlar bize tanıdık gelmeyebilir. Hiç bilmediğimiz, hiç alışık olmadığımız sahneleri izleyebiliriz. Bu dediklerim, evde, işyerinde, sokakta, her yerde olabilir.

İnsanların katılımı artıkça sosyalleşiriz. Siz de insanların zihinlerine komşu olmayı öğrenmelisiniz. Kimsenin zihninin sahibi olmaya çalışmayın. En güzeli, zihinsel komşuluktur. Gidersin, gelirsin. Ne sen onda ne de o sende sonsuza dek kalmaz.

"Bir adamcağız kötü yoldan para kazanıp bununla kendisine bir inek alır. Neden sonra yaptıklarından pişman olur ve hiç olmazsa iyi bir şey yapmış olmak için bunu Hacı Bektaşi Veli'nin dergâhına kurban olarak bağışlamak ister. O zamanlar dergâhlar, aynı zamanda aşevi işlevi görüyordu. Durumu Hacı Bektaşi Veli'ye anlatır ve Hacı Bektaşi Veli, helal değildir diye bu kurbanı geri çevirir. Bunun üzerine adam Mevlevi dergâhına gider ve aynı durumu Mevlânâ'ya anlatır.

Mevlânâ ise, bu hediyeyi kabul eder. Adam, aynı şeyi Hacı Bektaşi Veli'ye de anlattığını ama onun bunu kabul etmemiş olduğunu söyler ve Mevlânâ'ya bunun sebebini sorar:

Mevlânâ şöyle der: 'Biz, bir karga isek, Hacı Bektaşi Veli bir şahin gibidir. Öyle bir leşe konmaz. O yüzden senin bu hediyeni biz kabul ederiz ama o kabul etmeyebilir.'

Adam üşenmez, kalkar Hacı Bektaşi Veli'ye, Mevlânâ'nın kurbanı kabul ettiğini söyleyip, bunun sebebini bir de Hacı Bektaşi Veli'ye sorar. Hacı Bektaşi Veli şöyle der:

'Bizim gönlümüz bir su birikintisi ise, Mevlânâ'nın gönlü okyanus gibidir. Bu yüzden, bir damlayla bizim gönlümüz kirlenebilir, ama onun engin gönlü kirlenmez. Bu sebepten dolayı o senin hediyeni kabul etmiştir."

Duralım ve Düşünelim!

- ✓ Başkalarının acılarında mı, mutluluklarında mı rol oynuyorsun?
- ✓ Bazı sorunları çözmek çok zordur. Belki de mükâfatı büyük olduğu içindir.
- ✓ Her zaman bir yol vardır. Bazen önüne bakman gerek, en sona bakıp fırsatları kaçırma diye.
- ✓ Kendinle baş başa kalmaktan korkma. Çünkü o anda nasıl olsa seni kandıracak kimse olmayacak. Kendinden başka!
- ✓ Kendi kimliğinizi terk edip başkalarının yakıştırdığı kimlikle yaşamaktan sakının!
- ✓ Özlemeye alışmışım, geldiğinde bocalamam ondan.

- ✓ Sen, başına gelene teslim olduğunda ve böylece anda olduğunda; geçmiş, senin üzerinde bir güce sahip olamaz.

- ✓ Bugünü dünle karıştırma, yarınla da ilişkilendirme.

- ✓ Az konuşan çok dinleyen değildir. Az konuşan iyi anlayandır...

Görebildiklerimiz

Gözlerimiz, dış dünyanın yaratılmış neyi varsa, her türlü güzelliğin usul usul aktarıldığı bir yoldur. Gözler, içe doğru bir yol ise, dış dünyayı görebilmek için bu yolun temiz, engebesiz ve bakımlı olması şart. Ama öyle anlar olur ki yola düşen bir taş, hafif bir rüzgârla uçuşan toprak yüzünden hayatımızı zindana çevirir.

Çok isteriz bu yolun açık, temiz ve bakımlı olmasını, ama her zaman olmuyor işte. Aynı yoldan herkes geçer. Kimi yoldaki engelleri, taşları, tozları kimi ise yolun sonundaki güzellikleri görür.

Mevlânâ ne güzel demiş: "Musibetler, belalar karşınıza yırtık pırtık elbiseler içinde çıkan, edası, endamı yerinde bir güzel gibidir. Ne diye yırtık pırtık elbiseye takılıp kalıyorsunuz? Baksanız ya içteki edaya ve endama."

Aslında İlahi güç, yaratıcı, hepimizi tek tek düşünmeye, başka açılardan bakmaya, gözlerdeki merceklerimizi yenilemeye davet ediyor.

Ne güzel diyor bize: "Bakmazlar mı, görmezler mi, hiç ibret almazlar mı?"

Düşün, farklı düşün, olmuyorsa daha da başka düşün diyor. Güzellikleri görmede, küçük ayrıntılardan hoşluk yakalamada Japonlar ustadır. Belli zamanlarda bir araya gelip mehtabı seyretmekte, güneşin doğuşunu görmek için yamaçlara mevzilenmekte veya gökteki bulutların şekillerinden anlamlar çıkarmaya çalışmaktadırlar. Karınca bile boşuna adım atmıyorsa, yaprak bile onun izni olmadan sallanmıyorsa, her şeyden anlamlar çıkarmak, yorumlar yapmak hiç de ilginç değildir.

Aslında amacımız, araya sıkışmış tüm gerçekleri ve güzellikleri çekip çıkarmak olmalıdır. Öbür türlü, aradan çıkaramadığımız güzellikler gözükmezler, soğurlar. Biz de hayatı kendimize zindan, başkalarına da zehir ederiz. İnsan hayallerindeki gül bahçelerinde gezeceğine, bahçesindeki gülleri koklamayı öğrenmelidir. Her gün, her an, her dakika mutlu olamayız. Bu beklenti yıkar bizi. Zorluklar ve çektiğimiz sıkıntılar sayesinde küçük güzellikleri bayram edasıyla karşılıyoruz.

Her şeyi çabuk elde eden, hazıra konan, şımarık, hazırcılar ise küçük sıkıntıları cenaze töreni ile karşılar. Dünyanın sonu gibi görürler. Hadi zorla biraz kendini, kalkıp bak ve gör.

Senin için yapılan yollarda yürüsene, senin için havada dolaşan oksijeni içine çeksene. Ağaçlar dallarını, dallar yapraklarını sallarken görmemezlikten gelmesene. Reddetmeden önce, beğenmediğin yemeklerin senin için yapılmış olduğunu hatırlasana.

Bazen istemediğin, anlaşamadığın insanları anlamaya çalışsana. Aslında senin varlığını hissetmen için yanındalar. Onlar olmasa nerede, nasıl olduğunu anlayamazsın.

Cep telefonunla çektiğin fotoğrafları arşivledin ya. Şimdi açıp baksana tek tek. Ne kadar çok canlı cansız şey bir araya gelmiş o kareler için, hissetsene. Küçük belki, ama şükretsene.

Bak şöyle bir odana, bulunduğun yerde etrafına, bak pencereden dışarıya ve kocaman bir sesle sor: "Hey, ne için, kim için, neden buradasınız?" Sabırla bekle alacağın cevabı. Çünkü hepsi farklı kelimelerle aynı şeyi söyleyecekler sana:

"Senin için yaratıldık. Senin için yaratıldık. Senin için dizayn edildik. Senin için, görebildin mi?"

Duralım ve Düşünelim!

✓ Nerede kaldıysan korkma, devam et. Hayat, istikrar olunca sonuç verir. Durmalar artınca, tembellik gelir.

✓ En yüksek hazları yaşayıp en büyük yoksunlukla uyanır sabahları. Sonra kaçmak için o yoksunluktan tekrar arar büyük hazları. Sonuç: yıkım.

✓ Yaptığımız yanlışta bizi ilk cezalandıran ve doğrularda ise ilk ödüllendiren kişi yine biziz. Daha sonraysa başkalarından aynı tepkileri bekleriz.

✓ İçinizdeki çocuğu kaybetmeyin derler, ama içimizdeki çocuk yalnız mı? Mutsuz mu? Kızgın mı? Eğer öyle ise ne gerek var?

✓ En taze teknik, yeniden düşünmek.

✓ Bazı şeyler haberin olmadan, bazısı ise haber vererek gelir. Sen, hayatını analiz et. Belki de beklediğin gelmiştir.

✓ Bazen durmak lazım, tüm duygularla koşarken. Hem de bir anda, tek başına kalmak, kimse anlamadan. Sadece durmak.

✓ Bir insan gelirken kendisiyle birlikte birçok şey de getirir. Hayatınıza girenlere bakın beraberlerinde neler getirdiler zamanla.

Hoş Bulduk Dünya

Binleriz, yüzbinleriz, milyonlarız, belki daha da fazlayız, artmaya da devam edeceğiz. Dünya, birimiz olsun ya da olmasın devam etti, ediyor ve edecek dönmeye!

Sen varsan da yoksan da değişmiyor. Senden önce yaratılmış yeryüzü ve bilmediğimiz yıllar kadar senin gelmeni bekliyor. Verdiği savaş, mücadele ve dönüşüm senin için, patlamalar, toz bulutları, yıkılıp yaratılma, her şey senin için.

Seni bu kadar hasretle bekleyen dünya, senin için, nefes alıp verebilmen için dönüşüme uğruyor. Misafiri için hazırlıklar yapıyor. Sen geliyorsun, sizler geliyorsunuz, bizler geliyoruz, hepimiz geliyoruz...

Gidenler gitti, gidiyorlar ve gideceğiz. Dünya haddini biliyor, gelen ve gidenlerle ilgilenmiyor. Verilen görevlerini yerine getiriyor. Senin doğmana ve ölmene üzülmüyor. Tek sevindiği şey, senin gelmen, dünya sadece o an'la ilgileniyor. Sana nefes, yiyecek, içecek, toprak, barınak vb. veriyor.

Çünkü şunu biliyor dünya: İnsanın kendisini algılayabilmesi, var olduğunu hissedebilmesi için dokunması, tatması, koklaması gerekiyor. Ve sen geldin. Her şeye dokundun, kokladın, gördün, tattın. Sana çizilen sınırları hissettin ve başka yerler için keşfe çıktın.

İnsanın açlığını bilen dünya sürekli üretti ve üretmeye de devam ediyor. Karnın doydukça daha da çok istedin başka şeyleri, merak ettin. Hakkındı zaten. Dünya saklamadı hiçbir şeyi. Sen sınırlarını zorladıkça, o da açtı kapılarını. Ama keşfettikçe daha da acıktın, daha çok istedin. Bitmiyordu, bitecek gibi de değildi.

Sonlu insan, sonsuzluğu istemeye başladı. Dünya tüm rengi ve kokusuyla bağıra bağıra çağırdı seni. Her yerime dokun, her yerimde yürü dedi. Şunu fısıldadı hem kendisine hem de sana. Aslında bir illüzyonum, ama kendim için değil, sana adanmışım; evet, yaşa beni ama tapınma, abartma. Geçer giderim, kalamam sonsuzluğa.

Bu sebeple alma kalbinin her köşesine beni, ben kalbinde yer etmek için değil, zihninle, aklınla fark etmen için buradayım. Aklınla beni görüp, kalbine ineceksin ve orada İlahi gücü göreceksin. Beni aklınla sev, kalbini istemiyorum.

Ben maddeyim, yer alamam oralarda. Kalp maddeyi sevmez. Ve sen, önceleri önemsemedin. Sımsıkı tutundun her şeye. Daha çoğu için okudun, çalıştın, belki de çalışıyorsun hâlâ.

Aldın, aldırdın, taktın, takıştırdın. Hayaller kurdun, ulaştın. Ama hayalleri, gerçeğinden daha çok zevk verdi. Çünkü görünmeyendi gerçek. Büyüdün, kalabalıklaştın, koca dünya dar geldi sadece yaşadığın yeri dünyanın kendisi zannettin. Tek bir gözlükle bakmaya başladın.

Belalar, sıkıntılar geldi, sonra başka gözlükler taktın. Gözlükler çoğaldıkça, anladın ki dünya, herkese başka gözüküyor. Sorun dünyada değil gözlüklerde. Neden diye sordun ve orada başladı dünya cevapları vermeye sana. "Boşuna değil," dedi her şey. Bende gördüğün, göreceğin tüm güzellikler ve çirkinlikler aslında senin gözlüklerin. Şimdi çıkar hepsini ve gerçek gözlüğünü tak.

Sen de taktın. Belki 10, belki 20, belki 30, belki 40, belki 50 belki de 90'lı yaşlarında. Dedin ki zaman bana arayış için verilmiş. Bulduklarımı yıllara depolamışım. Bulacaklarım için yılları bekliyorum.

Misafir geldim, gidene kadar ne varsa tattım dünyadan. Kafamı kaldırdım gökyüzüne ve indirdim yeryüzüne. İkisinin arasında ne varsa çok güzel, ne varsa benim için, ne varsa bizim için sevdim. Sevmemin nedeni sendin Allahım.

Çünkü dünyadaki aşklarım, aşlarım, elbiselerim, gezdiğim yerler, dokunduklarım senin bana armağanın, hediyen. Ama benim değil, bizim değil.

Dünya bir fragman aslında. Cennet filminin ön izlenme yeri. Ben şimdi tanıtımı izliyorum. Cennete kadar.

Dünya çok güzel, hayat çok güzel ama aklıma hapsettim hepsini, gönlüm de senin. Çünkü cennet senin yanında. Sana gelene kadar bu güzel hayatın şükründeyim ve dediğin gibi yiyip, dokunup yaşıyorum. Hepsinde seni görerek.

Hoş bulduk dünya!

Duralım ve Düşünelim!

- ✓ Karşınızdaki insanın önüne ayna koyup boşluklarını görmesini sağlarsanız, o boşlukları sizinle doldurabileceklerine inanıp, size odaklanırlar.

- ✓ Güneş varsa, umut var demektir. Boşuna doğmaz her karanlık gecenin üstüne.

- ✓ Bizi hayattan iki şey koparır: Geçmiş ve gelecek. Çünkü her ikisinin de duygusu şimdiki zamanda yaşanır.

- ✓ Hepimizin hikâyesi bu hayat. Sen, ben ve o bir yerlerde buluşup dokunacağız birbirimize. Bazen acı verecek, bazen de mutlu edecek, ama bitecek.

- ✓ Sürekli geçmişle ilgili konuşmak, şimdiki zamandan kaçmanın bir yoludur. Gerçek, şimdide!

- ✓ İnsanların yaşama şekli sizden farklı olabilir ama tüm insanların amacı ortak; o da mutlu olmak. Yolculara bakma, tek yoldayız.

- ✓ Bazen başımıza gelen üzücü olaylar, hesap kitap yapmadan söylediklerimizin sonucudur.

- ✓ Herkes gelir hayatına. Alacağını alır, vereceğini verir. Hem öğretir hem de öğrenir. Kalan kalır, giden gider. Üzülme, hep böyledir!

En Zor Yolculuk İçimizdedir!

Ne gariptir, insanın içindeki ve dışındaki yolculuğu. Her ikisini aynılaştırma çabasıyla uğraşır dururuz. İçimizdeki istekleri dışımızda görmek, kavuşmak! Dışımızdaki güzellikleri içimizde hissetmek! Aslında ne kadar özel yeteneklerimiz var. Soyutu somut, somutu soyut yapabilen tek canlıyız. Hayallerimizi, dokunabileceğimiz gerçeklere dönüştürmede ustayız. Ya da dışımızda gördüğümüz somut şeyleri gözümüzü kapadığımızda içimizde hayal edebiliyoruz.

İçimizde olan nefis istekler, önümüze kuş sütü eksik denilen sofralarda, saraylarda tahtlar kurar sürekli. Sonra bir bakarız dışımıza, düşmanlar pusuda, engeller kapıda. Bizi, nefsimizin isteklerinde uzak tutacaklarmış gibi algılarız.

Göz gördüklerine, dil söylediklerine, kulak duyduklarına ayar vermek zorunda kalır. Sınırları belirlememiz gerektiğini biliriz.

Göze, dile, kulağa denge getirdikçe, mücadele başlar, arzu ettiklerimiz için savaşmaya başlarız. Karşımıza sabır yokuşları çıkar. Yokuş uzadıkça başarı artar, mutluluk çoğalır, güzellikler daha da parlak olmaya başlar.

Yokuşun başında ümitle hazır bekleriz. Ümit yolculuk için heyecan verir. Heyecanın olmadığı yolculuklar robotlaştırır.

Her işimiz, her açılımımızda heyecan duymalıyız. İşimize, okulumuza, dostlarımıza, ailemize hatta sokaklara, caddelere heyecanla çıkmalıyız.

Şimdi diyeceksiniz, öyle bir zamandayız ki bu heyecanı, ümidi, sabrı nasıl koruyalım?

İnsan zamana karşı dönüşüme uğramalı. Yeteneklerimizi, duygularımızı, karakterimizi yaşadığımız yüzyıla göre dizayn etmeliyiz? Olanları olacakken öngörü ile düşünebilmeli, bu yolla yapmamız gerekenler üzerinde bir daha düşünmeliyiz?

Şu zamanlarda iyiler şaşkın; kötüler emin ve kararlı halleder. Sıkıntı ve engeller büyük, çıktığımız yollar ise hep yokuştur. Hem yokuş hem de rüzgârlı. Yoldan çıkarmak için bizi sürekli taciz ediyorlar. İlk önce bunu bilip anlamaya çalışmalıyız ve sormalıyız kendimize. Bunlara rağmen, devam edecek miyim yolculuğa?

Cevabınız "Evet" ise, hazırsınız demektir.

Hazırsan, şimdi şu diyeceklerimizi dinle!

Hepimizin özlediği bir şeydir mutluluk. Mutlu olmak için kendi iç dünyamızla yaşadığımız toplum arasında bağ kurarak bakmak yanlıştır. Aslında bizim ilişkimiz tüm dünyayladır. Kendimizi, ailemizi, milletimizi sevdiğimiz gibi tüm kâinatı da sevmeyi öğrenmeliyiz. Nasıl mı? Tabii ki de düşünerek.

Farkındaysan dünya içinde dünyasın. İkisini buluşturmalıyız. Yalnız değiliz, kâinatın parçasıyız, herkesle, her şeyle tanışmalı, kucaklaşmalıyız.

Bir tabire göre "Kâinatı sıksan insan damlar. İnsanı büyütsen kâinat olur." Bırakmalı tesadüf inancını, vardır her şeyin bir amacı, hizmeti.

Bu buluşmaların amacı, İlahi güce ulaşmak olunca, insan dayar sırtını gerçekliğe ve coşkuyla, ümitle çıkar sabır yokuşlarını. Her şey sınav der ve geçmeye çalışır. "Amin," der, susar. "Duam belli, dünya belli," der sonsuza kadar.

Ama her insan da dayayamaz sırtını bu engin gerçeğe, manaya.

Gerçeğe ulaşamadıkça, daha çok duymak isteyecek dünyayı. Daha çok zevk, eğlence isteyecek. En mutlu olmak isteyecek. Belki tadacak, ulaşacak tüm lezzetlere ama tadın geçiciliğini fark edince girecek.

Hiçbir tat sürekli kalmayacak damağında. Başka kokuların peşinden koşacak, sırtını gerçeğe dayamadan.

Gönlü, ruhu, psikolojisi yaralar içinde olacak her tadın geçiciliği ile baş başa kaldıkça.

Bu sefer kendinden geçecek, kendine yabancılaşacak. Aşırılıklara, uçlara gidecek. Bedenini savuracak oradan oraya. Kendinden kaçacak ve hiç kimse kendisini hatırlatsın istemeyecek.

Kâinat, dünya, milyarlar, milyonlar, binler, mahalleler, evler, aile ve dostların yanında giderek yalnızlaşacak. Her duruma göre maskeler takacak, beden dili mutlu gözükse de ruh dili sessiz çığlıklar atacak. Bedenini insanlar, ama ruhunu Yaratıcı görecek. Çünkü o gerçekleri herkesten saklayacak. Yalnızlık evinde kendi yaratıcısıyla baş başa kalacak.

Yaratıcı diyecek ki ona: "Git, kendini kaybettiğin yerde bul."

Ama ona zor gelecek, hatırlamayacak. Ağlayacak tek başına. Zamanla fark edecek, kendini kaybettiği yeri. Gerçek manayı anlayacak mesajdaki.

Bedenini götürme, ruhunla git kaybolduğun yerlere.

Sonra tekrar yalnız olmadığını anlayacaksın. Ne çok insan varmış kendinden kaçan, onlarla tanışacak, buluşacaksın.

Kendini onlarda gördükçe korkacaksın. Kendini ararken şunu anlayacaksın ki kaybetmemişsin. Sadece unutmuşsun. Çünkü bir ses daha düşecek gönlüne. Ben hep seninleydim, siyahta da beyazda da.

Var mısın bütünleşmeye, var mısın gerçek sevdalara? Hadi, gel ama yavaş yavaş. Çünkü geri dönerken yavaşça kaybolduğun sokakları görecek, ders çıkaracaksın. Sırtını İlahi güce dayayıp bir daha bakacaksın yolun başına. Aynı yol, bu sefer başka bir görüntü verecek.

Tek bir şey göreceksin, o da sevgi...

Duralım ve Düşünelim!

- ✓ DİKKAT: Bir şeyler iyi olmadan önce bir süreliğine daha da kötü olur. Bir şeyler kötü olmadan önce de bir süreliğine daha iyi olur.

- ✓ Bataklıkta çiçek olmaya çalışma. Oranın güneşi, suyu, yeşili de sahte. Sana çiçeksin derler çıkarları bitene kadar. Uzak kal!

- ✓ İnsanların düşüncelerinden korkmayın. Birbirimizi farklı düşündüğümüz için değil, farklı olana saygı duymadığımız için kırıyoruz.

- ✓ Bilemem bugün olacakları. Başına gelen değil, geleni nasıl karşıladığın önemli. Gelen de, geleni karşılayan da güzel olsun.

- ✓ Gönül çok heyecan yapıyorsa, insan mantığına sormak istemiyor.

- ✓ İyi şeyler düşünmek için karşınızdakinin hak etmesini beklemeyin. Bazıları istemeden üzer.

- ✓ Duyduklarını yüzde yüz kabul ya da ret etme. Önce sınamayı öğren.

- ✓ Bazen, gelecekte yapacağın onlarca şey yerine, şimdi yapabileceğin tek bir şeye odaklanman gerekir. Şimdiyi, geleceğe yem yapma. Hadi!

- ✓ Kendimize verdiğimiz en büyük zarar, dünümüzle bugünümüzün aynı olması.

- ✓ Bir insana hak ettiğinden fazlasını verip, izle. Eninde sonunda gerçek yüzünü gösterir.

Ruhunu Arayan Bedenler

Artık her şeyi satın alabiliyor ve pazarlayabiliyoruz. İnsanın her şeyi satın alabileceğine dair inancı onu ilk olarak bedensel açlığı karşılamaya götürüyor. Bu yolculuk, insanı insani boyuttan uzaklaştırıp varlık hissini biyolojik sıfatlarla sınırlıyor.

Kişi kendi varlığını bedensel ihtiyaçları karşılandığında algılayabiliyor. Bir süre sonra insani duygularını, değer yargılarını biyolojik ihtiyaçlarının emrine veriyor. Artık yöneten ve karar veren, beden olmaya başlıyor. Yalnız şunu unutmamak gerekir, beden doymaz.

Yedikçe, içtikçe, giydikçe, cinsel ilişkiye girdikçe daha çok ister. Beden doyup, ruh aç kaldıkça daha çok ihtiyaç duyuyor. Eksikliği arttıkça var olduğunu hissetmek için daha çok bedenine yatırım yapıyor.

Tabii ki burada en büyük zararı çevreden gören insan, perdelenmiş algısıyla gerçekleri fark edemiyor. Sosyal çevrenin pazarlama tekniği çok şaşalı, yaratıcı ve zevk veren vitrinler gibi. Vitrinde mankenin üzerindeki elbiseyi gören kişi, elbiseyi değil, elbisenin çok yakıştığı o mankenin ifadesini satın alıyor. Alıyor, kendi üzerindeki haliyle aynaya bakıyor ama vitrindeki gibi olmuyor. Daha fazla eksiklik, daha çok vitrine gitmesine neden oluyor.

Beynimizin hâlâ keşfedilememiş bölümlerindeki haz bölgeleri sürekli tahrik bombardımanı altında. Bu, yasak ve çok kullanıldığında insan olmaktan uzaklaştıracak bölgeyi harekete geçiren ise, sosyal çevrenin iletişim dili.

Yalan, dedikodu, küfür, aşırı gülme, büyüklenici tavırlar, cinsel davranışlar, cinsiyetin aşırı ifade edilmesi, öne çıkarılması vb. iletişim dilleri, insanda haz ve yasak bölgesini uyarıyor. Çünkü acıdan kaçmaya çalışan, sorunlarla baş etmekten yorulmuş, kendini unutmak isteyen insan için kısa yoldan mutlu olma yolu oluyor.

Bu yolla insan, akşam evde eşiyle kavga edip, gündüz arkadaşlarıyla başkalarının kavgasının dedikodusunu yapıyor. Hayat amacını bulamamış, mutsuz insan kafelerde hayata karşı küfürler sallıyor.

Kendinde olmayan şeylerin eksikliğini yaşayan, sahip olamadıklarını düşünerek hayatı kendine zindan yapan gençler, sokaklarda başkalarının sahip olduklarına saldırıyor. Ya da onlar, sahip olamadıkları için kimliklerinde olmayanları varmış gibi sergiliyor.

Hayal ettikleri yaşama sahip insanları kendilerine dost, arkadaş, sevgili yapma derdine düşüyorlar. Aslında o insanı değil, sahip olduklarına yakınlaşmak istiyorlar. Bu yaşam tarzı insanı onur, dürüstlük, yalan söylememe, liyakat, saygı, sevgi, yardımlaşma, vatan, millet, bayrak gibi değerlerden uzaklaştırıyor.

Aslından uzaklaşan insan, mutsuzluk girdabına düşüyor. Bir süre sonra bu değerlere sahip olan insanları düşman gibi görmeye başlıyorlar. Nasıl sağlayacak aileler, devletler, milletler bu bilinci? Belki de eğitim sisteminin içine yerleştirilmek suretiyle ilk adımlar atılabilecek. Geleceğin en büyük sorunuyla tanışmaya başladık.

Seminer ve eğitimlerimde özellikle genç arkadaşlarımda gözlemlediğim bu süreç, içler acısı. Çoğunlukla sosyal temaslarda söylediklerinin, yaptıklarının temeline değerleri, ahlakı, saygıyı ölçü almak yerine bir şekilde fark edilme, var olma çabasında bu genç arkadaşlarım.

Sözlerinin, hareketlerinin muhataplarını üzeceği veya kıracağı ile ilgilenmek yerine, dürtüleriyle üstün olma derdindeler. İnsanın bugünü atlatıp, yarına kalma ihtiyacı vardır.

Şimdiki yüzyılda amaç, bedeni yaşar halde yarına taşımak. Ruhu sağlıklı bir şekilde yarına taşıma derdimiz yok gibi. Bedenler tok, kilolu, estetik, renkli, yorgun bir şekilde uyuyup uyanıyor. Ama ruhlar; günler, aylar, yıllar öncesinde kalmış şekilde devam ediyor.

Her yere götürdüğümüz tek şey, bedenimiz. Okulda, işte, evde, sokakta, AVM'lerde bedenler kalabalığı var. Ruhlarını kaybetmiş bu kalabalık iletişimde ortak bir dil yakalayamaz. Çünkü bedenlerin çok konuştuğu yerde ruhlar susar.

Ruhunuza dönün, onun ihtiyaçlarını analiz edin. Eksik yanlarını güçlendirin. Sevgi, saygı, dürüstlük, onur, tevazu gibi temiz duygularla beslenen ruhunuza yiyecek bulun, doyurun.

Ruh sadece bir yolla doyar: Başkasını doyurdukça!

Başkalarının ruhlarını bu güzel duygular, tavırlar ve sözlerle doyurun ki beslenin. Duygu kullanıldıkça artar, beden kullanıldıkça azalır, eksilir, yorulur.

Hadi ruhlarımıza selam olsun.

Duralım ve Düşünelim!

- ✓ Sakin ol, bugün olmadıysa istediğin, yarın için de umutsuz kalma. Düzelir, biri gelir, bir şey olur ve yoluna girer. Şükret, iyi geceler...

- ✓ En sevdiğin şey için koşmaya devam et. Hızın arttıkça heyecanın da artacak. İnsan başarıya, kendisiyle yarıştıkça ulaşır.

- ✓ Bitecek başka gönüllerde misafirliğin eninde sonunda. Tek yapabildiğin yer kiralamak. Vazgeçilmez yapma.

- ✓ Sen hayallerinden vazgeçme, onlar duaya dönüşür. Ne zaman kabul olur diye de dertlenme, her şey vaktini bulur.

- ✓ Bazen hiçbir şey yapmamak, düşünmemek, öylece kalmak, anlamıyormuş gibi yapmak gerek.

✓ Ümitlenmen için uyanabilmen yeterli. İzin gelmişse uyanmana, vazgeçme.

✓ Ne güzel bakışları vardır sevdiklerimizin. Görmeyi bilene.

✓ Beyin soru sorarak gelişir, her şeyi kabul ederek körleşir. Ne duyarsan duy, soru sormadan inanma!

✓ Tahrik et, ama tatmin etme!

Barışa Bütçe Ayırdın mı?

Uzun yıllar sorguladığım şeylerden biri de bu.

Toplumlar, devletler, bireyler barışa dair bütçe ayırıp ne yapıyorlar?

Tüm dünya ülkelerinde tarih denilince akla gelen ilk şey "savaş". Herkes kendi tarihini anlatırken, gücünü gösterme egosuyla yok ettiği insanların sayısı ile övünüyor. Bizim ülkemizde de aynısı var. İlköğretim yıllarında aldığımız tarih derslerinde vurgu yapılan tek şey, "hangi savaş, kimle, kim arasında, ne zaman oldu ve kim kazandı".

Bilinçaltımıza kodlanan buydu. Yok ettiğimiz insanlık üzerinden orgazm olma hali sadece bize özel değil tabii. Kendi sınırlarını belirlemek adına savaşan tüm devletler, savaşa evet dedi. Halen de diyorlar.

Garip olan da savaşla yok ettikleri insanların acılarının içine dalıp barış getireceğiz sloganları atmaları. Aslında insan dinamiğine ne kadar da benziyor. Biri gelir hayatınızı altüst eder, sonra ben senin kurtarıcın olacağım deyip sizi bağımlı kılmaya çalışır.

Tüm dinler, sevgi yolculuğu olarak gelmiştir. Ama o dinleri sahiplenenler kendi çıkarları için diğer dinleri savaş dini olarak algılatmaya çalışmışlardır. Farkındaysanız şu an İslam dini tüm dünya ülkelerinde böyle pazarlanıyor. Yazarken bile içimi acıtıyor "pazarlama" sözcüğü.

Bu güçlerin elinde olan imkânlarla bu algı yönetimini yaparken, bizim ülke olarak bu savaşa karşı cephanelerimizi güçlendirmemiz gerek. Sevgi dini algısını yaymak da bizim amacımız olmalı.

Türk olmamızla ilgilenmediler, en temel değerden vurmak adına. Bu sebeple Türk olmakla Müslüman olmak arasına sıkıştırıldık. İkisini abartan bazı zihniyetler uçlara gidip amaçlarından saptılar. İşte, iç psikolojik savaş temeli burada atıldı.

Öyle bir boyuta geldi ki insanlar, "Allah" dediğinde "dinci" etiketine maruz kalır oldu. Atatürk, Türklük konularını açtıklarında ise, "Sen, Müslüman değil misin?" sorularıyla baş başa kaldılar. Tabii ki bu durum kendi trollerini yarattı. Savaş çığlıkları atan bu tahrikçiler algı yönetimine başladı.

Yaşam mücadelesinde savrulan ve kendine yabancılaşmış bireyler kendini arama yolculuğunda bu algının içinde buldular kendilerini. Öfkelerini kusacak, aitlik duygularını hissedecek, streslerini atıp saldırganlaşacak bir alan bulmuş oldular.

Kimi Müslümanlık kimi Türklük algısının askeri oldu. Her ikisindeki amaç, sevgi ve saygı iken, bizden olmayan ötekidir denildi. Şimdi o kadar ayrıştı ki eğlendiğimiz, yemek yediğimiz, gezdiğimiz, alışveriş yaptığımız yerlere kendimizi tanıtan işaretler bıraktık.

Bu alan bizim, sizin yeriniz yok der gibi. "Orası, onların

takıldığı yerler" cümleleri sıklaştı. İnsanların kıyafetlerine, tavırlarına, evlerine, arabalarına bakıp iç dünyaları hakkında ahkam kesmeye başladık.

Elinde Türk bayrağı olanı, dinsiz; dilinde besmele olanı, kimliksiz görmeye başladık. Okulları düzenledik, Atatürk üzerinden satış yapmaya, din üzerinden kayıt almaya başladık. Kızımız evlenmek istediğinde, Atatürkçü mü; oğlumuz evlenmek istediğinde, namaz kılıyor mu soruları ilk sorularımız oldu.

Erkeklerin pantolonlarına bakıp, kırışıklık varsa, namazdandır dediler. Alkol içiyorsa dinsiz dediler. Ne kadar çok zaman, emek vermişiz bu ayırıma. Hepimiz sorumluyuz. Belki aktif belki de pasif katılımlarla ama sorumluyuz.

Hiç mi barışa bütçemiz yok şu an? Hiç mi niyet yok buluşmaya? Ne zaman öğreneceğiz Allah'a şükür, Atatürk ve diğer önderlere teşekkür etmeyi?

Kimlikleri bırakınca anlayacağız insan olmayı. Allah bizi insan olarak yarattı. Tercihini de bize bıraktı, kimliklere dair. Ama yol gösterdi, Müslümanlığa dair, oku dedi, anla dedi, şükret dedi. Neden okumadık da başkalarının okuduklarından öğrenmeyi istedik?

Birbirinizi sevin dedi, öldürmeyin dedi. Neden sevmek için çıkarlarımıza uygun sebepler aradık? Kendinize gelin, aklınızı kullanın, algılayın, fark edin dedi.

Neden kendimize gelemedik de, hep başkalarını kendine getirmeye çalıştık.

Evet, biz yaptık, biz savaştık.

Çok mu zor sanıyoruz Allah'ın "Ol!" deyip de, her şeyin olması gerektiği gibi olacağını?

O, en kolayı Yaratıcı için.

Zor olan ise, insanın, insan olmaya samimi olması.

Kes artık savaşa ayırdığın bütçeni. Barışa bütçe ayır ve harca. Cebinden, zamanından, gönlünden, gözünden, dilinden harca.

Barış için.

Barışmak için.

Duralım ve Düşünelim!

- ✓ Seninle olması, seni sevdiği anlamına gelmez.
- ✓ Sürekli terk edilme korkusu yaşayanlar, o acıyla yüzleşmemek için kendileri terk etme yolunu seçebiliyor.
- ✓ En derin yaraları sakladık. Sonra o yaraları kapayacak insanları aradık. Bazen bulduk bazen de bulduğumuzu sandık!
- ✓ İncindik ve üzüldükçe ne yapacağımızı bilemedik. Sandık ki bilerek yapıyorlar, hepsi düşman. Bu sebeple öfkelendik. Sonra korktuk insanlardan.
- ✓ Olumsuz düşüncelerinizin avukatlığını yapmak, kendinizi haklı çıkarmak için kanıt toplamaya benzer.

- ✓ En büyük acılar, reddedilme korkusu ile açığa vuramadığımız duygularımızdan gelir. Söyle, rahatla.

- ✓ İnsan ailesinin değerini, hayatta çok büyük hatalar yapınca anlar. Çünkü o zaman herkes yalnız bırakır seni!

- ✓ Ne gelirse başına, yanlışına doğru diyen dost görünümlüler yüzünden gelir.

- ✓ Her insanda romantizm ve aşk imgeleri var. Kimininki olumlu kimilerinki ise olumsuzdur. Kimi, kendisini zamanla cezalandıracak kişilere çekilir.

Ruhsal Destek Alabileceğiniz Noktalar

Tek başına yükselemez insan, mutlu olamaz. Sadece kendi enerjisi ile başarıya ulaşamaz. İnsan sadece kendi enerjisi, motivasyonu ile hareket ettiği zaman çabuk kırılır, dökülür. Dayanıklılığı azalır.

İçerden olduğu kadar dışardan da enerjiye, desteğe, duaya ihtiyacı vardır. Yanınızdaki, arkanızdaki, evinizdeki, uzağınızdaki insanların olumlu enerjilerinde, güzel dualarında var mısınız?

Sevgi ayakta tutuyorsa bu dünyayı, ne kadar yoğun ve ne kadar sıklıkla seviliyorsunuz? Şimdi, şu anda bile bazı insanların duaları, olumlu enerjileri sayesinde gelecekte yükselmeniz sağlanacak. Görünmeyen destek sahipleridir bunlar.

Her insan arkasında görünmeyen bir destek ordusu ile gezer. Kiminin anası, babası, kardeşi, dostları. Kiminin dedesi, arkadaşları, kiminin iş ortakları, yardım ettiği muhtaçlar, kiminin hayvanlar, bitkiler, çocuklar...

Hayatına dokunduğunuz herkes, arkanızda size destek veren orduya katılır. Sizi bu hayatta başarıya götüren, yanında durduğunuz ya da sık görüştüğünüz insanlar değildir. Görüşmeler yapıp mücadele ederken, toplantılar düzenleyip konuşurken, temas ettiğiniz insanlar ve olaylar sayesinde mi kazançlı çıktığınızı düşünüyorsunuz?

Öyle ise, bu büyük bir yanılgı.

Bir kelime edip gönlünü kazandığınız, bir parça ekmeğinizi paylaştığınız, 3 kuruş verip yardımlaştığınız, zaman ayırıp ziyaret ettiğiniz, sohbet ettiğiniz, elini öpüp değerli hissettirdiğiniz, oyuncak alıp sevindirdiğiniz, yerden kaldırıp evine bıraktığınız, tam unutuldum dediğinde öyle olmadığını hissettirdikleriniz var ya! İşte, sizi başarıya ulaştıran onların yüksek enerjileri, pozitif düşünceleri ve duaları. Onların maneviyatındaki yoğunluk sizin adınıza duaya dönüşür. Dilleri ile unutsalar da gönülleri hiç susmaz sizin için.

Özellikle bazıları vardır, onların dualarla araları çok iyidir, hatta beddualarla da. Yani hangisi içlerinden geçse, kabul edilme ihtimalleri yüksektir. Bu kişilerle temasları fazla olanın yollarındaki engeller çabuk aşılır hale gelir.

Örneğin engelliler; fiziksel ya da zihinsel yetersizlikleri olsa da çok temiz bir kalpleri vardır. Kirlenmemiş kalpten edilen bu dualar, hızla ulaşır Yaradan'ına. Temas edin, göreceksiniz.

Anne, babalar; yeryüzündeki en zor, en meşakkatli ve en değerli görev sahipleridir. Kırmayın, her şeye rağmen. Onlar kırıldıkça yolunuz da kırılmaya başlar. Her dualarında, ileriki düşmanlarınızdan biri yok olur. Temas edin, göreceksiniz.

Çocuklar; hiçbir olumsuz duyguyu bilmezler. Bilmemenin verdiği samimiyetle meleklerle iletişim halindedirler. Onların gülmesi, tebessüm etmesi, meleklerin gülmesi demektir. Allah'a bizden kat kat yakın duran melekler tebessüm ettikçe, size mutluluk gelir. Temas edin, göreceksiniz.

Yaşlılar; aşırı muhtaçtırlar, eksiktirler, yetemezler bu dünyanın hızına. Bazı dualar vardır, aşırı ihtiyaçla edildiğinde geri çevrilmez. Hiç düşündün mü bir telefonla dünyanın en mutlu insanı yapacağın yaşlıların huzurla uykularındaki enerji, senin için edilen duaya dönüşecek. Temas edin, göreceksiniz.

Hiçbir başarı ve mutlulukta tek bir mimar olmaz. Başarı sizin gibi gözükse de sizi oraya taşıyanları hatırlamalısınız.

Bugün sahip olduklarınızın temelinde çok önceden yaptığınız iyilik dokunuşları muhakkak vardır. Bugün ve yarın yapacağınız samimi iyilikler, güzel enerjili buluşmalar ise, gelecekteki başarılarınızın temelini oluşturacaklar.

En değerli dualar; çocukların, yaşlıların, annelerin, babaların, engellilerin, muhtaçların sessiz mimiklerinde, başı yanda beden dillerinde, kalplerindeki coşkuda ve huzurlu uykularındadır.

Onlara sahip olmanız dileğiyle.

Duralım ve Düşünelim!

- ✓ İlk önce kötü gibi gider, sonra iyileşir. Bir anda her şey iyi oluyorsa, endişe et.
- ✓ Hayatta sorumluluk almayan insanların sizi eleştirmeye hakkı yoktur. Hem boş boş otur hem de boş boş konuş.
- ✓ İnsanoğlunun en iyi yaptığı şey, beğenerek aldığını ondan sıkılınır hale getirmek.
- ✓ Dünya ile baş edemedikçe, esiri oluyoruz bu iletişim araçlarının. En kolayı, bunlarla uğraşmak.
- ✓ İyiliğe niyet etmeli insan. Elinden geldiğince gönül kazanmalı. Hayat amacı edinmeli sevgiyi, bilmeli ki zaman kısıtlı.
- ✓ Olan da olmayan da kabulüm.

- ✓ Bazı şeylerin kabulü gecikir, bazı şeyler ise çoktan olmuştur, biz farkında değilizdir.

- ✓ Aynı şeyleri istememize zaman var. O günler de gelecek. Biraz daha acı, biraz daha başarı, biraz daha mutluluk lazım. Sabret, buluşacağız.

- ✓ Kötülerin mutlu olduğunu zannetmeyin, sadece eğlenceli gözükürler, yanlışları belli olmasın diye.

- ✓ Bitmez bu dünyanın sorunları, çözecek zaman bul, biraz da gücün olsun yeter! İnsanı yıkan sorun değil, çözümsüzlük.

En Büyük Korkun "Korkmak" Olsun

Korku her türlü gelişimin, iyileşmenin ve değişimin daha başlangıçta önünü keser. Hedeflerimize ulaşmamıza engel olur, hatta hedef belirlememize bile izin vermez. Yeni ve özgün bir şey yapmak, bir şey üretmek söz konusu olduğunda içimizi bir korku, bir kuşku sarar.

Bilinmeyenle karşılaşmaktansa, kötü de olsa her şeyi eski halinde bırakmak daha kolay gelir insana. Bu sebeple de yeniliklere hep direnç gösteririz. Korku belki de bizim hep yol arkadaşımız olacaktır. Önemli olan değişim isteğinin korkudan baskın çıkmasıdır. Psikolojideki amaç, bunu başarmaktır; isteklerimizin korkularımızdan daha güçlü olmasını sağlamaktır.

Her yeni atılımda içimizi biraz korku, biraz kuşku ve heyecan karışımı bir duygu kaplar. Bu duyguyu kontrol etmek kişinin kendi elindedir. Kişi bu duyguların kararlarını yanıltmasına ve aklını kullanmasına engel olmayacak şekilde mesafe koymalıdır. Aksi takdirde korku bizi avuçları içine alır ve hem ruhumuzu hem de kalbimizi felç eder. Aşırı tepki vermemize neden olur.

Korkunun sebebi sadece bizim içimizde, düşünce biçimimizde. Onu oluşturan biziz. Bilinçaltının bir düşünce tarzından bir diğerine geçmesini sağlamak için telkinler en mantıklı çözümlerdir. Olumsuzdan olumluya, korku salan düşünceden güven Yaradan'a. Korku, olayları abartarak gösterir bize, onları imkânsızlaştırır. Halbuki imkânsız diye bir şey yoktur. Tecrübelerimize dayanarak gerekli önlemleri alabilir ve olumlu bir çözüm elde edebiliriz.

Her şey bir denemeye bakar. Psikolojiye göre de korkacağımıza ve her şeyin bir felaketle sonuçlanacağını düşüneceğimize, her şeyin daha iyiye gideceğini ve hedeflerimize varabilmek için gerekli tüm imkânlara sahip olduğumuzu görmeye çalışmalıyız. Yani olumlu düşünmeliyiz. Eylem düşüncede başlar çünkü.

Shakespeare'in sözcüklere döktüğü bu korku bakın nelere muktedir:

"Olmak ya da olmamak. İşte, bütün mesele bu.

Düşüncelerimizin katlanması mı güzel, zalim kaderin yumruklarına, oklarına?

Yoksa direnip bela denizlerine karşı 'dur, yeter' demesi mi?

Ölmek, uyumak sadece.

Ama düşünün ki uykuda düş görebilir insan!

İşte, bu kötü.

Çünkü ölüm uykusunda,

Şu fani bedenden sıyrılıp çıktığımızda, göreceğimiz rüyalar bizi duraksatır ister istemez.

İşte, felaketi onca uzun ömürlü kılan da bu.

Yoksa kim katlanırdı zamanın kırbaçlarına, küfürlerine,

Zorbanın haksızlığa, kibirli adamın hakaretine?

Hor görülen aşkın acılarına, adaletin gecikmesine,
Devlet görevlisinin kendi bilmezliğine;
Sabırla bekleyen erdemli kişinin
Değersiz insanlardan gördüğü muameleye
Yalın bir hançer darbesiyle hesabı kesilecekken
Kim katlanırdı, bu yorgun yaşamın yükü altında?
Homurdanıp terlemeye,
Ölümden sonraki bir şeyin korkusu olmasaydı!
Sınırları geçenin bir daha dönmediği,
O bilinmez ülkenin korkusu kafamızı karıştırıp
Bizleri tanımadığımız kentlere koşup gitmektense,
Başımızdakilere katlanmak zorunda bırakmasaydı?
İşte bunları düşündükçe
Ödlek olup çıkıyoruz hepimiz
Ve işte böyle karanlığın doğal rengi,
Endişenin soluk gölgesinde bozuluyor;
Bulutları hedef alan büyük ve iddialı atılımlar
Bu yüzden yörüngesinden sapıyor
Ve bir girişim olmaktan çıkıyor."

Korkuyla baş etmeliyiz. Korkuyu hafifletmenin yolu en çok korktuğumuz şeyleri bir kenara yazmak ve şu soruyu sormak olmalı: "En kötü ihtimalle ne olur?" Bu ihtimalleri yazıp, bunlara karşıdan şöyle bir bakmak gerek. Sonra korktuğumuz şeyler için şu soruyu sormalıyız: "Hayatımın tamamını bu şekilde geçirmek ister miyim?" Daha sonra korktuğumuz ama yapmayı arzu ettiğimiz şey için: "Yapamazsam neler kaybederim?" sorusu gelmeli aklımıza. Tabii ki ölümün kıyısında iken, "Keşke şunu da yapsaydım diye hayıflanacağım ne olabilir?" sorusu da gelmeli.

Tüm bu sorular korkunun hafiflemesine, hedef belirlemeye yardımcı olacaktır. İnsanların çoğunun hedefi yoktur. Birçoğunun hedefi olduğu halde eyleme geçmemektedir. Eylem olmadan hiçbir işinize yaramaz, onca kitap okumak veya onca bilgiye sahip olmak.

Önemli olan sizin harekete geçmenizdir. Gemi hareket ettikçe yol alır, bekleyerek değil. Hedefi olup da bunları gerçekleştirmek için eyleme geçenlerse %1'lik az bir dilimde yer almaktadırlar. Hedefine ulaşanlar, bu uzun süreci vazgeçmeden çalışmış, üstün bir çaba sarf etmiş, azimli insanlardır.

Başarı kolay elde edilmemektedir. Einstein'ın da dediği gibi başarıda %1 zekâ, %99 çalışma etkilidir. Hiçbir insan çalışmadan başarıya ulaşamaz. Başarıya ulaşmış insanların da günleri herkes gibi 24 saattir. Herhangi bir bedel ödemeden, çaba göstermeden istediğimiz başarıyı yakalayamayız. Rahatlık bölgemizden uzaklaşmalıyız. K. Moorleed'in dediği gibi, "Hiç kimse başarı merdivenini elleri cebinde tırmanmamıştır."

Eğer ki korkumuzu beynimizden atıp hedeflerimiz için girişimde bulunursak, azimli, kararlı bir şekilde çalışırsak, bundan kazancımız "arzu ettiklerimiz" olacaktır. Bu da dünyanın en kazançlı işidir.

Duralım ve Düşünelim!

- ✓ Her şeyin ilk deneyimini hatırlayın. Göreceksiniz ki sonra yaşanılan her deneyimde insanlar farklı ama olay ve tepkiler aynı.

- ✓ Öyle bir yerden bak ki hayata, tüm canlılar dostun olsun. Unutma, hayat yaşamak ve yaşatmak için var.

- ✓ Boş bırakmaya gelmez düşünceler. İpin ucu kaçtı mı, nereden çıkacağı belli olmaz.

- ✓ İstemediğiniz duyguları yaşatacak insanları ve olayları yaratmakta ustayız.

- ✓ Bazen olmaz, zorlama. Belki o değildir, belki de o vakit değildir!

- ✓ Karar verebilen insanların acısı çok yoğundur ama bir karar verebileceği için aynı zamanda da çok kısa sürer.

- ✓ Getiri ile götürüyü mutlaka iyi hesapla! İşin içine zevk girdiği anda, insan artık elde edeceği faydanın farkında bile olmaz.

- ✓ İnsanların en büyük engelleri kendileridir. Herkes sınırlarını çok iyi bilir ama özgürlüklerini o kadar iyi bilmez.

- ✓ Tembellik edip oturanı belalar ayağa kaldırır. Erteleyip uykuda kalanı, tuzaklar uyandırır. Uyan, mücadele et.

Hayat Kalitemizi Seçtiğimiz Gündem Belirler

İnsanoğlu, uğruna bedel ödemediği hiçbir şeyi dikkate almaz, önemsemez. Genelde bizim anne ve babalarımız çocukları için çok bedel öderler. Bu yüzden aşırı hassaslaşır ve ilişkiyi abartmaya başlarlar. Bunların hiçbiri olmasa bile beklentileri artmaya başlar. "Ben seni doğurmak için ne kadar acı çektim, bir bilsen", "Seni büyütmek o kadar da kolay olmadı. Az mı sabahladık babanla."

İnsan bedenini iyi tanır ama beynini, bedeni kadar tanımaz. Beynimiz sürekli dış dünyadan kendisine gelen binlerce soruya cevap vermekle uğraşır. En çok hangi soruyla karşılaşıyorsak, sürekli onu düşünmek zorunda bırakılırız. Şu da bir gerçek ki soru soran beyin gelişir, çocuklara sürekli soru sormak gerekir, çünkü beynimiz soru cevapla gelişir. Ama bu soruların ne olduğu çok önemlidir.

Şu an yaşadığımız ülkenin geçmiş gündemini, şimdiki gündemini bir düşünelim. Bir ülkede yaşayan insanlara toplumsal anlamda soracağınız sorular o dönemin gündemi olur. Her seçim öncesi siyasetle ilgili sorular sorulur, bununla ilgili anketler, sokak röportajları yapılır. Bu süreçte halk istese de istemese de bunları düşünmek zorundadır. Şimdi size bir soru soracağım: 2x2=? Bu soruya cevap vermeniz gerekmez. Cevap verseniz de vermeseniz de beyniniz yanıtı düşünür.

Yukarıdaki sorunun cevabını düşünmenizi sağladım, hatta cevap verdiğinizi, sadece sesli söylemediğinizi de biliyorum. Ülke gündemi, bir işyerinin, bir mahallenin gündemi gibidir bir ailenin gündemi. Birden fazla insanın olduğu her topluluğun bir dinamiği vardır. Yaşam şeklidir sahip olduğu dinamik.

Bir köy düşünün... Anadolu'da az bir nüfusa sahip, ataerkil yaşayan, tarımın geçim kaynağı olduğu bir köy burası. Bu köy halkının yaşam biçimi köyün önde gelenlerinin koyduğu kurallara dayanır. Diyelim ki köyde kadınlar tarlada çalışıyor olsun, erkekler de tarım ürünlerinin pazarlamasıyla uğraşsınlar. Kadınlar ve erkekler ayrı ayrı zaman geçirmekteler. Kadınlar tarlada bir arada, erkekler de belli saatlere kadar kahvelerde bir aradalar. Çocuklar da belli yaşa kadar annelerinin yanında, sonra da okul zamanı dışında babalarının yanında yaşıyorlar.

Şimdi dikkatinizi çekmek istediğim noktaya geldik. Kadınlar kendi aralarında tarladayken sürekli tarım ürünlerinin toplanması, akşam eve gidince ne yemek yapacakları, kocalarının evdeki durumlarıyla ilgili konuşuyorlar. Erkekler de kendi aralarında sürekli enflasyon, çiftçi hakları, siyaset ile ilgili sohbet ediyorlar. Kadınlar ve erkekler akşam evlerine gittiklerinde anne ve baba rollerini alıyor, evde bir araya geldiklerinde de çocuklarının yanlarında sürekli bu konuları konuşuyor ve çocuklar farkında olmadan ileri yaşamlarında da anne-babalarının birbirlerine, devlete sordukları soruları sormaya başlıyorlar.

Gelelim aile yaşamına... Evin içinde en çok konuştuğunuz,

en çok sorduğunuz sorular çocuklarınızın ileriki yaşamlarında en çok merak ettikleri, hatta yaşam biçimleri olacak. Merak, en önemli duygudur. Büyük başarıların, hedefe ulaşmanın kaynağıdır. Bununla beraber dibe vurmanın, hayatın kontrolünü bırakmanın, mutsuz olmanın da kaynağı olabilir.

Çocuklarınızın nasıl bir insana dönüşmesini istiyorsunuz? Bu sorunuzun cevabı ne ise, şimdiden işe koyulun. Evinizde cevabınızı destekleyecek, yaşatacak diyaloglara başlayın. Şimdi elinizde çok önemli bir bilgi var. Bu bilgiyi kullanmak kadar kullanmamakta da özgürsünüz. Aile içinde gündemlerinizi belirleyin, çocuğunuzun ileride neleri çok düşünmesini istiyorsanız, temelleri atın. Bunun için bir başkasına ihtiyacınız yok, sadece siz varsınız.

Çocukların Beynine Kodladıklarımız

Sizinle 9 yaşında bir çocuğun yaşadığı aile gündemini paylaşacağım. Bir yıl kadar önce annesiyle birlikte danışmanlık almak için gelmişlerdi. Annenin anlattığına göre onsuz hiçbir şey yapmıyor, sürekli kendisine yapışık geziyordu. Bu süreç anne ile çocuk arasında bir tür bağımlı ilişkinin gelişmesine neden olmuş ve annede ciddi kaygılar oluşmuş. Anneye bağımlı olan çocuk okulda da problemler yaşamaya başlamış, ara ara derslerde dalıyor ve öğretmenini takip edemiyormuş. Anneyi dinlerken aynı bağımlılığın kendisinde de oluştuğunu gördüm. Daha sonra çocukla olan danışmanlık sürecinde şu sonuç ortaya çıktı: Aile içerisinde anne ve baba sürekli tartışıyor ve ayrılmaktan bahsediyorlar. Ayrılık kelimesi çocuğun sürekli duyduğu bir şey oluyor ve çocukta terk edilme korkusu yaratıyor. Ailenin gündemi: "Ayrılık". Aynı şekilde annede de yalnız kalma korkusu görülmekte. Baba bu süreçte boşanmayı isteyen taraf olduğu için kısmen ailede gücü elinde tutuyor. Bu sebeple de anne ve çocuk kadar kaygı geliştirmemiş. Çocuklar, aile içinde ayrılık gündemiyle baş başa kaldıklarında, güçsüz olanı koruma altına alırlar, çünkü aynı kaygı kendisinde de olduğu için annesiyle kendisini eşleştirir. Babaya karşı annesinin yanında olması gerektiği gerçeğine sahip olur.

Çocuklarımıza Yaptığımız En Büyük Kötülük

Başka bir aile gündemini paylaşayım şimdi de. Bu ailenin gündemi; dilenmek ve hırsızlık. Sokak çocuklarıyla bir araya geldim ve onlarla sohbet etmeye başladım. Çoğunun bir ailesi var ama yaşamlarını sokaklarda dilenip hırsızlık yaparak geçiriyorlar. Elde ettikleri parayı eve, anne-babalarına götürmek ise kaçınılmaz görevleri. Dikkatinizi çekmek istediğim nokta ise, çocukların bu davranışları yapılması gereken bir doğru olarak algılamaları. Çünkü çocuklar aile içinde en çok konuşulan, yapılan, merak edilen şeyleri ileride yapmaları gerektiğine inanırlar. Sohbet ettiğim, daha doğrusu etmeye çalıştığım çocuk, ben konuşurken sürekli benden bir şeyler isteyip duruyordu. Karşımda programlanmış bir robot gibi, "Abi, para versene!" deyip duran bu çocuk, bunu belki yüz defa tekrarladı. Bir şekilde konuşturdum ve evini anlatmaya başladı. Onların evinde her akşam aile bireyleri bir araya toplanırmış. Herkes gün içinde ne kadar para toplamışsa ortaya atar, anne ya da baba toplanan paraları alırmış. Konuşulan şeyler ise, hangi semtte nasıl insanların olduğu, diğer komşunun çocuklarının ne kadar para aldığı, hayatın acımasızlığıymış.

Doğuda her aile en az iki çocukludur. Bu beşe, altıya hatta yedi ve sekize kadar çıkmaktadır. Doğu insanı çocuklarını erken yaşlarda evleri için bir şeyler yapmaya, sorumluluk almaya yönlendirir. Aslında aşırı olmamak şartıyla her anne-baba çocuklarını erken yaşta evleri için uygun davranışları sergilemeye yöneltmelidir. Çünkü insanoğlu uğruna bedel ödemediği hiçbir şeyi dikkate almaz, önemsemez.

Genelde bizim anne-babalarımız çocukları için çok bedel öderler. Bu sebeple aşırı hassaslaşırlar. Bunların hiçbiri olmasa bile beklentileri artmaya başlar. "Seni doğurmak için ne kadar acı çektim, bir bilsen", "Seni büyütmek kolay mı oldu sanıyorsun? Kaç gece sabahladık babanla." Bunlar gibi belki yüzlerce cümle... Fark ettiyseniz, aslında ne kadar çok bedel ödediklerini dile getirirler. Ödediğiniz bedeli defalarca dile getirmek, uğruna fedakârlık yaptığınız insanların zihinlerinde belirli kodların baskın olmasına, bunların hayatlarında köklü biçimde yer etmesine neden olur. Belki de çocuklarınıza en büyük kötülüğü, onlar uğruna yaptığınız iyilikleri anlatırken yapmış oluyorsunuz.

Duralım ve Düşünelim!

✓ "Hiçbir şey sürekliliğe dayanamaz." Süreklilik, karşısındaki gücü kıran yapıya sahiptir. Hayat amacın için ne yapıyorsan, sürekli ol.

✓ Hayatı en ucuza mal edip, en verimli şekilde yaşamaya çalış.

✓ Bir yanlışa asla doğru deme! Eğer diyorsan, algıladığın şeyi kendi çıkarlarına göre değiştiriyorsun demektir.

✓ Belki teksin belki de kalabalık. Belki yatmak üzere belki de ayaktasın. Ama en çok kendinle sohbettesin. Bazı şeyleri duymaz kimse.

✓ Dün olanla bugün olacakları benzetme. Farklı adım at, yeni şeyler düşün, mücadelede ol.

- ✓ Olaylar vaktinden önce gelmez. Gelmemiş geleceğin kaygısını bırak. Şimdide neyin var, şükürde misin?

- ✓ Asla, en mükemmeli ilk seferde yapmaya çalışmayın. Sonraki beklentilere cevap vermek zorlaşır. Sıyrılmadıkça zihnin karanlık odalarından, hayatın her an'ı gölge olur güzelliklere.

- ✓ Erteledikçe artacak, zorlaşacak. Bence acele et.

- ✓ 3 düşünce hatasından uzak duralım:
  1. Kişiselleştirme
  2. Felaketleştirme
  3. Genelleme

Evrendeki Adalet Sistemi

İnsan, içinde her türlü duyguyu barındıran bir varlıktır. Duygular o kadar çeşitlidir ki... Korku, nefret, kin, sevgi, vicdan, acıma, kıskançlık, iyi niyet, kötü niyet ve daha birçoğu...

İnsanoğlu doğduğu andan itibaren hayatın içinde devinir durur. Her yeni şeyi öğrendiğinde, yeni birilerini tanıdığında yaşadığı etkileşimler, sahip olduğu duyguların açığa çıkmasını sağlar. Bazen sokakta aç gördüğü birine acır, bazen kendine rakip gördüğü birini kıskanır, kendisine fayda sağlayan birine teşekkür eder. Her eylemimizin arkasında duygularımız yatar, onları besleyen de niyetlerimizdir. Önemli olan kısım ise arkada saklı kalan bu duyguların hepsini zaman zaman kullanmamızdır. Eğer içlerinden bazılarını sıkça kullanmaya başlarsak, sosyal ortamlardaki imajımız oturmaya başlar. Evren ne yaptığımızla ilgilenmez, neyi ne için yaptığımızla ilgilenir. Bir insana yardım etmemizin arkasında bazen gerçekten karşılıksız iyi niyet varken, bazen de sonradan bize sağlayacağı çıkarlar olabilir. İnsanları tanıdığımızı ne kadar iddia etsek de çoğu zaman yanımızdakilerin niyetlerini göremeyiz. Kendimize, "Beni neden seçti, benimle neden ilgileniyor, bu davranışının arkasında ne var?" gibi soruları sıkça sormadığımız için yaşadığımız ilişkilerin sonuçları bizleri şaşırtabiliyor. Duygularımız gözle görülmez, onlar sadece bir enerjidir. Yoğunlaştığımızda çevremizdekilere hissettirmeye başlarız. Bu sebepten birileri tarafından sevilir, birileri tarafından kıskanılır, birileri tarafından da reddediliriz.

Hayatınızda bir insan için dua ettiğinizde, bir insandan dua alırsınız. Bir insanı severseniz sadece, sizi sevenler de azalmaya başlar. Düşmanlık beslediğiniz insan sayısı kadar düşmanınız olacaktır. Kendinize gelecek olan yaşamı şekillendiren, aslında aynada baktığımız yüzdür. Sadece bir ölüye dua ederseniz, sizin de mezarınızı ziyaret edenler o kadar olacaktır. Bu evrenin bir çalışma sistemi var. Düşündüğünüz kadar geri alacaksınız. Yüzlerce insana dua ettiğinizde, yüzlercesinden karşılık verecek evren. Bir ülkeyi hortumlamaya kalkışınca, o kadar insanın nefretini alacaksınız. Her iki durumun da topladığı duygu yoğunluğunu bir düşünün. Başka bir açıdan örneklersem, bir kişiye olan borcunuz mu, on kişiye olan borcunuz mu sizi daha çok yoracaktır? Bir işyerinde bir kişiyle olan problem mi, yoksa tüm çalışanlarla olan problemler mi sizi uykusuz bırakacaktır?

Beyin ve evren unutmaz!

Çoğu insan evrenin öğretisini ve isteklerimize nasıl cevap verdiğini bilmez. Bir insan duygularıyla bir şeyi çok fazla düşündüğünde, o şey ile ilgili enerjiyi evrene salar. O istek bedenden dışarı çıktığında belli bir mesafe alır ve belli bir zaman sonra geriye döner. Yani kişinin kendisine ulaşır. Amaç, herkesin niyetiyle karşılaşmasıdır. Geriye dönen enerji yalnız gelmez. İsteğinizle ilişkili şeyleri de beraberinde getirir. Kırmızı araba istediğinizde ve buna gerçekten odaklandığınızda, etrafta aşırı sayıda kırmızı araba varmış gibi gelir. Enerjiniz bununla ilgili bütün doneleri toplar. Oyuncak mağazasında ilk gözünüze çarpan kırmızı arabalar olacaktır. Yolda gözünüz, kırmızı arabalara kayacaktır. Çoğu zaman unutursunuz ama beyniniz ve evren unutmaz. Siz biri hakkında dedikodu yaptığınızda aynı anda sizin hakkınızda da dedikodu başlar. Siz birine yardım ettiğinizde, bir süre sonra size bir konuda yardım gelir. Yaratıcı, verdiğinizi ve aldığınızı size bir şekilde geri iade edecektir. O kadar hızlı yaşar hale geldik ki artık kuşların seslerini duymaz, karıncaların çabalarını görmez olduk. Somutun peşinde koşa koşa, stresle baş başa kalır olduk. Ne kadar çok elbise, araba, makyaj, lüks yaşam, oyuncak varsa, o kadar çok stresi beraberinde getirir. Bu da bizi tek bir duyguya yöneltir, o da haz almak. Somut olan her şeyin önüne haz konur ama sonunda sıkıntı vardır. Soyut olan her şeyin önünde zorluk, sonunda huzur vardır. Karıncaları seyretmek, kuş sesini dinlemek huzur verir ama araba isteği anlık bir haz sonrasında sıkıntı verir. Gerçekten insanlar tarafından sevilmek, saygı görmek, güvenilir olmak istiyorsanız ilk önce bu duyguları başkalarına siz verin. Vermeden alamayacaksınız. Ne kadar çok insana verirseniz, o kadar çok insandan alacaksınız. Dua ederken sadece kendiniz için değil, iki apartman yanınızdaki komşu için de edin. Büyük kişiler ve büyük markalar vardır hayatımızda yer eden, yıllar geçse de unutamadığımız... Onlar gibi olabilmek için onlar kadar geniş ve kapsayıcı düşünmek gerekir. Onlar, ilk önce karşılıksız tüm iyi duygularıyla verdiler, sonra herkesin yolladığı duygularla geri aldılar. Hiçbir şey vermeden alınmaz.

Duralım ve Düşünelim!

- ✓ İnsan, arayınca neden buluyor her şeye!
- ✓ Bir şeyin lezzeti, çeşitliliğinde değil, sadeliğindedir.
- ✓ Hem konforunu bozma, canın yanmasın hem de başarılı ol. Var mı öyle bir dünya?
- ✓ Kendi içinde hiç, başkalarının gözünde çok olmak. Kolaysa böyle olmak tabii!
- ✓ Gerçek sesleri, sessizlikte duyarsınız!
- ✓ Öyle körü körüne sevmekten, birikti acılar. Severken göremediğin ne varsa, sonradan çıban oluyor. Ölçülü sev, sonradan pişman olmamak için.

✓ İşte, mantık ile duygunun kavga ettiği saatler. Kim kazanır sence?

✓ Bugünü, dününe benzetme. Aynılaşma, başkalaş. Hırs ve azmi karıştırmayalım. Hırslı, bir işin sonucunu sever. Azimli ise bir işin yolculuğunu sever.

✓ Uyumak, unutmaktır bazen, ara vermektir her gece, dinlenmektir, sarılmaktır ya da kaçmaktır.

Mutsuz musun, Korkak mı Karar Ver?

Hep daha fazlasını istedin hayattan. Yeni bir ev, yeni bir araba, yakışıklı bir koca, güzel bir sevgili... Nerede kaldı gerçeklik? Küçük şeylerdir bizi mutlu eden, hayata bağlayan. Bunun farkına varmalı insan. Kaldır kafanı, bak göğe küçük bir kuşun özgürlüğünde bul mutluluğu, baharda açan çiçeğin kokusunda, yağan yağmurda...

Hep daha fazlasını istedin hayattan, o da olsun dedin, daha büyüğü dedin, daha güzeli, daha iyisi. Bunalmadın mı fazlasını istemekten? Hırsına yenildin, egona yenildin. Hırs ve egodur korkuyu getiren. Sen kollarını uzatıp daha fazlasına yetişeyim derken, avucundaki şirinlikleri kaybediyorsun. Küçük ama huzurlu olan güzellikleri kaybediyorsun. Önce en yakınına bak, seni mutlu eden, sana huzuru veren, seni hayata bağlayan şeylere. Şükret bu güzelliklere. Şükretmeyi, teşekkür etmeyi bilmezsen, unutursun avucundaki gerçekleri, güzellikleri. Kaygı başlar, sonra kaybetme korkusu büyür içinde. Çünkü hep fazlasını istedin hayattan!

Soyutlama kendini. Maddeleştirme hayatını. Somut olandan uzaklaş! Bir eşyaya, mala mülke, zengin olmaya, üne dayalı yaşamaya çalışırsan hayatı, çabaladığınla kalırsın. Görmezsen yanındaki küçük değerleri, dalarsan büyük hayallere, onlar da giderse bir gün elinden, kalırsın öylece.

Her zaman umudu olmalı insanın. Umut et. Sev. Mutlu olmak için, mutlu edebilmek için. Kaygıyla yaşamayı bırak, gerekirse sıva paçalarını yürü dere kenarında, önüne çıkan taşlardan yılma. Bırak batsın ayağına taşlar, ıslansın paçaların izin ver. Manevi huzuru bulmak adına yürü. Çaban bu olsun. Bu yoldan gelecek sana istemediğin kadar mutluluk. Yetinmeyi bil, ders çıkar mutsuzluklarından, kendi söküklerini dik, iyileştir kendini. Ama değiştirme. Söküklerinle varsın, sadece tamir et. Yeni bir sen yaratma!

Duralım ve Düşünelim!

- ✓ Maksat huzursa, gereken dürüstlüktür.
- ✓ En derinlerde yatan eksikliğimiz, yetersizlik duygularımızla baş edemediğimizde egomuzun tavan yapmasıdır.
- ✓ Seni sevmediği için ona mı kızıyorsun, yoksa sevilmediğin için kendine mi?
- ✓ İnsan eğer gerçekten karar vermişse, işin bedellerinden zevk alır hale gelir ki işte asıl sonuç o zaman elde edilir.
- ✓ Kazandığımız ne varsa, eninde sonunda kaybetmek içindir. Sen, gönül kazan; onun dışındakiler geçici.
- ✓ Her şeye rağmen, devam edeceksen sev. Samimiyetle sevmek gerek.

- ✓ Çabuk parlayan insanlar, çabuk da değiştirilebilenlerdir.

- ✓ Hayata iki tohum ekeriz. Biri iyilik, diğeri de kötülük. İkisinin de ortak noktası, ekince filizlenmesi.

- ✓ Gün başladı, hadi durma sen de başla!

Yaşarken Yapılması Gerekenler

Her yerde okuruz ya, ölmeden gidilmesi gereken yerler. Yaşarken okunması gereken kitaplar, son gelmeden yapılması gerekenler diye. Çoğu yalan, çoğu yanlış. İnsanların geneline hitap etmeyen bu maddeler, hayal edip onunla yetinmemizi tetikler. Çoğunu yapamazsınız, nedeni ise ekonomik ve zamansal sorunlardır.

Onu ye, buraya git, buradan atla, şunu al demekle olmuyor. Öyle şeyler yapmalı ki herkes kendi dinamiğine, kültürüne, yaşamsal standartlarına uydurabilsin. Hadi, başlayalım:

1. Bugüne kadar başkalarına hediye ettiğin, evine dekor yaptığın, kopardığın çiçekler adına, belli bir sayıda çiçek ek, tohum ek ya da bağışla! Yarattığın boşlukları doldur.

2. Bu yaşına kadar kullandığın kırıcı, itici, yok sayan, kınayan, dışlayan tüm cümlelerini düşün! Kimlere karşı söyledin?

Onları düşün. O insanları bulamazsın ama hepsinin adına 10 gün, 15 gün kimle karşılaşırsan, kırdığın kadar yapıcı, ezdiğin kadar yüceltici, incittiğin kadar okşayıcı, güzel cümleler kur. Arkanda kırık kalp bırakma! Mutlu edilen kalpler haberimiz olmadan dua ederler, o kalpler kırılırsa, duaları İlahi güce ulaşmaz.

3. Ayda bir kez kan ver, vücudundaki kirli kanı boşalt! Başkasına faydası var zannediyorsun ama ilk başta faydası sana olacak. Temiz kan temiz ruh demek. Zaman yarat.

4. Okuduğun kitapların hepsini biriktirme, ayda birkaç kez okuduğun kitabı sokakta, parkta, bahçede, AVM'lerde, herhangi bir yerde bırak. Hiç tanımadığın insanların hayatlarına dokun. Bir süre tanımadığın insanlardan sana güzel mesajlar gelecek.

5. Senden bir şey isteyenleri geri çevirme, özellikle de çocukları. Çocuklara para verme, arabanda veya çantanda çikolata, sakız, şeker vs. tut. Onlar para istedikçe sen şeker ver, çikolata ver, sakız ver. Onları güldüren, tebessüm ettiren tek şey bu.

6. İnsanlara canım deme, ölçülü ol; isimleriyle hitap et. Arkadaşlığı, dostluğu abartma. En büyük acı, en çok yakın hissettiklerimizden gelir. Tedbirli ol!

7. Herhangi bir konuda işin ters giderse, hemen zorda olan birini bul ve ihtiyacını gider. Seni bazen başkalarının duaları kurtarır.

8. Yaşadığın ilde hiç bilmediğin semtler, sokaklar bul, fırsat yarat ve gez. Bazen uzaklaşmak, aydınlık getirir. Ezberlerinden kurtul.

9. Her duyduğuna, her gördüğüne %100 inanma! Aynı şeyi birkaç kişi veya yerden sor, dinle. Hemen yargı oluşturma, bazen kendi gerçeklerimizi yaratıp ona taparız. Tapınma!

10. Karşındaki yapacağı bir şeyden, bir projeden bahsediyorsa, henüz başlamamışken, eleştirmen gerekiyorsa konuş. Ama o eyleme geçtikten sonra konuşma. Konuşursan, fitneye girer. Sus!

11. Dünyanın en kötü insanı hakkında bile dedikodu yapma. Belki sen dedikodusunu yaparken o iyi olmaya karar vermiştir.

12. Hak ettiğinden fazlasını teklif ediyorlarsa, kabul etme. Aradaki fark kadar talepleri olacak.

13. Aldığın kararları kimseyle paylaşma. Başla, bitirdikten sonra konuş. Baştan anlatırsan, başkalarında beklenti oluşturursun, ağır gelir. O beklentilere karşılık veremezsin.

14. Yeşil ve mavi zihni rahatlatır. İmkân buldukça yeşil ve mavinin olduğu yerleri görmeye çalış.

15. Zihinsel engelliler özel yaratılmış insanlardır. Bizim sahip olmadığımız özel yetenekleri vardır onların. İmkân buldukça onlarla buluşun. Birlikte zaman geçirdikçe, sizin de yetenekleriniz gelişir, iyileşir ve güçlenirsiniz.

16. Her akşam, bugün hayata ne kattım diye düşün. Kime, neye faydan dokundu, kendinden başka?

17. Projeler geliştir. Önderlik yap. Kampanyalar düzenle, iyilik ve fayda için rol model ol.

18. Bilinçaltı, geçmiş deneyimlerdir. 0-7 yaş önemlidir. Temeldir, anne ve babanla zaman geçir. Kırgınsan affet, kırgınlarsa affettir kendini. Sen geçmişini iyileştirdikçe, geleceğinde fırsatların ayaklarına düşecek. Geleceği geciktiren, geçmişteki affedilmemiş acılardır.

19. Zihinde tasarılarınız olsun, görsel, işitsel tasarılar yapın hayalleriniz için. Sonra yazın. Kurumsal bir şirket gibi stratejilerinizi yazın. Sonra zaman geçecek ve tek tek ulaştığınızı göreceksiniz, ama çabanızla.

20. Sabırla beklemenin tadını çıkarın. İşte o an hayatın seninle şakalaştığını hatırla. Amacı, istediklerine ulaşmak için beklenen zamanda algını yönetmek. Unutma, hayat sana karşı bir engel değil!

21. İlk adımlar en zor olanlardır. Emin olduğun, kendini hazır hissettiğin hedeflerin için coşkuyla ilk adımlarını at. Sonucu düşünme, o zaten Allah'ın takdiri.

22. Yardım eden, yardım görür. Küçük küçük yardımlarda bulun. Özellikle tanımadıklarına yardım et ki sana gelecek yardımlar seni şaşırtsın.

23. Küs oldukların, kırdıkların varsa barış, affet. Neden mi? Eğer gelecekte ulaşman gereken, hak ettiğin şeyler varsa, sen küstükçe birilerine onlar da senden uzaklaşır. Kazandığın her gönül sayesinde gelecekteki ödüllerin sana doğru hızlanır.

24. Beyin disiplini planlamayı sever. Hayatının yoğun olmasını bekleme. Küçük planlar hazırlayıp yaz. Bu seni güçlü, dirayetli ve kararlı yapacaktır.

25. Akıl vermek kolaydır. Zor olan, aklı verdiğin kişiye el atıp yardım etmek. Yardım Et!

26. İnsanlarda ne kadar yanlış görürsen, saklamaya çalış. Bunu görev edin. Sakladıkların onların hayatlarında azalırken, seni o yanlışlardan uzak tutar. Çünkü açığa çıkardığın şeyleri yaşamadan ölmezsin!

27. Düşünebildiğin her bir vaktin olduğunu hatırla. Zaman geçti benden, deme. Şu an istemiyorum de. Vakit, nefesle biter. Nefes alıyor musun?

28. Şimdilerde tebessümle hatırladığın her şey geçmişte yaşadığın acılardı. Şu anki acıların da zamanla tebessüme dönüşecek. Bekle ve gör, çünkü hayat güzel.

29. Gerektiği yerde, "Bilmiyorum!" deyin. Sessiz kalmayın, söyleyin.

30. Kusursuzluk isteme, kusursuzluk arama. Çünkü bulamayacaksın, Kabullen!

31. Mutluluğu satın almak için harcadığınız paraların listesini yapın ve düşünün. Hâlâ mutlu musunuz?

32. Herhangi bir konu belirleyip, odaklanma egzersizleri yapın. Zihninizi boş bıraktığınız zaman, kaygılarınız artar.

33. Acı biber tüketin, çünkü endorfin salgılar acılarımız.

34. İnsanlar dertliyken akıl verme, yardımcı ol.

35. Herkes seni sevmek zorunda değil. Bazılarının sevgisini kazanamıyorsan, saygısını kazan.

36. Başkalarının seni konuşmasını değil, senin anlattıklarını konuşmalarını bekle.

37. Bazen sana yapılan kötülükleri unut. Unut ki kirletme. O kötülüğünden, sen de kininden kaybedersin.

38. İnsanlar hata yapabilirler. Birkaç hata yüzünden tümüyle yargılama insanları. Yalnız kalırsın.

39. Kimsede hakkını bırakma, kimsenin hakkı da sende kalmasın. Hakkını alamayan, hakları veremez.

40. Kalbin çok sıkıştığında, insanlarla hediyeleş. Hediye veren iyileşir, alan ise mutlu olur.

Duralım ve Düşünelim!

- ✓ Cümlelerimin içinden çıkardığın kelimelerde, bilinçaltını buluyorsun. Bunu yapma kendine. Cümlelerim bitmez ama sen kelimelerde boğulursun!

- ✓ İnsanları sevmeyebilirsiniz ama bu, onların her konuda haksız olduğunu göstermez. Genelleme!

- ✓ Acaba hangi yanlış şeyi düşünüyordun da, tökezledin?

- ✓ Işığı görmeden az önce, son karanlık simsiyah olur. Bunun da nedeni, son çıkıştaki acı ve ders uzun süre taze kalır, hatadan uzak tutar.

- ✓ Seni tanıyanlardan zarar görmeseydin, seni tanımayanların olduğu diyarlara gitmek istemezdin. En büyük zararı, seni en çok tanıyandan görürsün!

- ✓ Farklı insanlarla aynı olayları yaşamak, kendimize yaptığımız en büyük kötülüktür.

- ✓ Şu an ne ile uğraşıyorsanız tam konsantre olun, yoksa temeldeki korkular sizi esir alıp, odağınızdan uzaklaştıracak.

- ✓ Eskilerden çıkıp gelenler olursa önüne, neden diye sorma! Belki kendi vicdanlarını rahatlatma çabasındadırlar. İzin ver, gönül hakkını al.

- ✓ Sana gelecekse başkasına gitmez. Üzülme...

- ✓ Olan da olmayan da kabulümdür...

Yelkovan ile Akrebin Arasında Yaşıyoruz

Yelkovanla akrebin arasında yaşıyoruz
Geçen her zamanı bir odaya kapatmış
Özledikçe açıp bakıyoruz
Adını da ANILAR koymuşuz

Eskitemiyorum seni, koyamıyorum o odanın içine
Çektikçe daha da batıyorsun dibine

Benim sınırsız hayal gücüm var, üç yaşında başlayan
Bir çocukken bir de senli yaşlarımda hayal kurdum
Kendime küçük bir ev hayal ederdim kırmızı kapılı
Sana kocaman dünyalar
Ama nereden bilebilirdim ki
Sana o dünyaları verirken
Bir gün o dünyalarda sensiz olacağımı...

Çünkü Sen İnsansın!

Neye benim dediysem üzdü beni
Neyi vermem dediysem eskidi.

Sana emanet edilen komşunun çocuğu gibi
Bakacaksın evladına.

Başkalarının analarını düşündüğün gibi
Soracaksın ananın hatırını.

Hepsi benim demeden düşüneceksin
Hepsinin ilk sahibini.
Ne kadına tapacak, ne erkeği baş tacı edeceksin.
Ne sonsuz güveneceksin ne de yaparım diyeceksin.
Olmayacaksın başkalarının hayatlarında oyuncu.
Uyaracaksın, inanacaksın, bırakacaksın...
Çünkü sen İNSANSIN...

Doğurduğunu sahiplenme, o senin yolcun.
Seveceksin, besleyeceksin, öğreteceksin,
Ama en önemlisi de güveneceksin.
Tutmayacaksın her düştüğünde;
Düşecek, kalkacak, izin vereceksin.
İsteyeceksin her şeyi,
Ama sadece bazılarını hedefleyebileceksin.
Onların da bedellerini ödeyeceksin,
Bekleyeceksin, unutacaksın ne dilediğini.
O seninse eğer,
Başkasından gelecek ayaklarına,
Fakat senin olmayacak hiçbiri, sadece emanet.
Sonra anlayacaksın hayatı,
Bırakacaksın hırsını, azimle yaşacaksın,
Çünkü sen İNSANSIN...

Diyelim ki Ben Suçluyum

Diyelim ki ben suçluyum yaşadığım her şeyde
Kim kışkırttı diye sorunca,
Cevap: Sen oluyorsun...

Bazen de seni suçluyorum her şeyde
Kim delirtti diye sorunca,
Cevap: Ben oluyorum...

"Belki birazdan uyuyacağız...

En derin uykuda görüşmeye ne dersin?

Ben küçük balıklar göreceğim, hani derler ya rüyada balık kısmettir diye, ondan...

Sen de deniz gör masmavi, o da berekettir, bolluktur ya, ondan...

Hem kısmetli hem de bereketli bir ömür için..."

Aşkım Kapışmak
KAdınlar SAĞdan
ErKekler SOLdan
İNKILÂP
Aşkım Kapışmak
Kadınlar Sağdan Erkekler Soldan

Aşkım Kapışmak
KÜÇÜK
MUTLULUKLAR KİTABI
İNKILÂP
Aşkım Kapışmak
Küçük Mutluluklar Kitabı

AŞKIM KAPIŞMAK
CARPE DIEM
CARPE
AN'I YAŞA, ESİR OLMA
DIEM
AŞKIM KAPIŞMAK
İNKILÂP

ROMAN
Terzi
AŞKIM KAPIŞMAK
Terzi
AŞKIM
Sayfa6